毎日が辞世の句

坂口昌弘
sakaguchi masahiro

東京四季出版

毎日が辞世の句❖目次

＊（　）内の数字は満年齢の行年。不明な場合は数え年齢。

毎日が辞世の句

井原西鶴

浮世の月見過しにけり末二年

人間の生死、なげくべき事にあらず（『日本永代蔵』）

浮世の月見過しにけり末二年

井原西鶴五十二歳の句である。前書には「辞世。人間五十年の究り、それさへ我にはあまりたるに、ましてや」とあり、俗に柿本人麻呂の辞世と伝えられていた〈石見のや高角山の木の間より浮世の月を身果てつるかな〉を踏まえている。

人間の一生は五十年なのに、この世の月を、二年間も余計に眺め過ごせたのはもったいないことだと、五十を越えて生きられたことを感謝している。五十一歳で没した松尾芭蕉の辞世に見るこの世にやり残した執念のようなものは感じられない。一昼夜二万三五〇〇句の「矢数俳諧」を達成し、その後多くの浮世草子を書いた人生に満足していたかのようである。

「浮世」の言葉に西鶴の俳諧の特徴が出ている。仏教的な無常観よりも楽観的に現世を楽しむ心である。「辞世」と前書けるのは余裕の心である。「浮世の月」とはこの世そのものであった。金と色恋、町人と武士、俳諧と草子、この世・浮世の裏表を見尽くした俳諧師の稀有な辞世であった。

西鶴は芭蕉と同時代を生きて、芭蕉よりも二年早く生まれ一年早く没した。『去来抄』によれば、芭蕉は「西鶴が浅ましく下れる姿あり」と批判していた。西鶴は芭蕉について『西鶴名残の友』の中で、桃青（芭蕉）は諸国を旅しているが世間の評判を気にせず「只俳諧に思ひ入て、心ざしふかし」「無用の異見も成難し」と批評している。芭蕉にとやかく言っても仕方がないという立場であった。

西鶴は寛永十九年（一六四二）、大坂・難波で町人の子に生まれ、元禄六年（一六九三）八月十日、五十二歳で没した。十五歳頃から俳諧を始め、談林派の俳諧師であった。二十一歳頃にはすでに俳諧の点者となり、一昼夜の間に詠む発句の数を競う「矢数俳諧」を始めている。四十三歳の時に、摂津住吉の社前で、一昼夜二万三五〇〇句の独吟を実施して、二万翁と自称した。「矢数俳諧」では、観客の前に筆記者と審判者を立てて、公正に数が数えられていたという。単純計算で一分に十六句、四秒に一句詠んだ計算になる。

滑稽・軽口の句風は、貞門古風な俳人たちに、異端的として阿蘭陀流と呼ばれていた。

天和二年（一六八二）、四十一歳の時、『好色一代男』を出版して評判となり、その後、愛欲世界の好色物、武士社会を題材の武家物、経済生活の町人物等々、多くの浮世草子を書いた作家であった。小説を書く前に俳諧に関心を持ったところと、生涯最後の十年間に多くの小説を書いたところは夏目漱石によく似ている。芭蕉が旅に出て発句を残したのは、四十一歳の時の『野ざらし紀行』が始まりであり、五十一歳で亡くなるまでの十年間であった。

軽口にまかせてなけよほとゝぎす

西鶴は「古流・当流のまん中」を俳諧の正風と考えていた。新しい流行の句は当流や当風と呼ばれていたが、西鶴は中道をねらっていたようだ。「軽口」は、軽妙な洒落を特徴とする談林派の呼称であった。西鶴二十六歳の句であり、この句を発句にして一晩で百句独吟している。

引導（いんだう）や廿五（にじふご）を夢まぼろ子規（しき）
郭公（ほととぎす）かゝがさとりのかたちはいかに
一日に千体仏よ郭公

西鶴は三十四歳の時に、二十五歳の妻が三人の子供を残して亡くなっている。引導とは死者を悟りの道に導くことであり、子規（ほととぎす）は、古代中国では死者をあの世に導く鳥であった。正岡子規の俳号は中国の伝説に依拠していた。短い人生を意味する「夢まぼろし」と「しき」を掛けている。

鎮魂句においても談林風の特徴が見える。

「かか」とは妻のことであり、ほととぎすに向かって、妻が悟って浄土に行った様子を聞く。西鶴は一日だけで独吟千句を詠み、亡き妻に捧げている。千体仏とは千句のことである。

西鶴の墓は大阪の誓願寺にあり浄土宗であった。幸田露伴は明治二十二年誓願寺を訪れて、西鶴の墓が無縁塔の中にあるのを見つけて寺に移葬の依頼をしていた。

ちなみに正岡子規の東京田端・大龍寺の墓は無縁仏となっていたが、寺が特別に面倒をみているという。

大晦日(おほみそか)定めなき世のさだめ哉

芭蕉や一茶に比べ、現在あまり知られていない西鶴の句の中では代表句となっている。何の定めもないこの世の無常の中で、大晦日に一年間の貸し借りの清算をすることだけは絶対的な定めであった、と諧謔的に詠む。人が必ず死ぬこともまた「さだめ」だと詠んでいるようだ。

姥捨や月は浮世にすてられず
内裏様のとて外になしけふの月
夜の芳野蕣は月の落花たり

西鶴の月の句は写生の句ではなく、月を人事と絡ませている。辞世と同じく、「浮世」と「月」が詠まれる。ここでは老婆は姥捨山に捨てられても月見をなくすことはできないと詠む。談林風の理屈の入った句である。

残りの二句は詩的な内容の句である。天子様や高貴な方々も身分の低い人も同じ月を見ると詠む。風雅において身分は関係がないことを暗に含んでいる。

まだ暗い朝方に咲く朝顔は月の光が花に変貌したかのようだと詩的に詠んでいる。

みよし野や花はさかりに俳言なし
桜影かなし世の風美女が幽霊か
美女にちれば愚かにうらむ桜狩

四十八歳の句では、桜の満開の吉野ではその美しさに圧倒されて俳諧の言葉が出てこないとこぼす。芭蕉も吉野の桜の句は残していない。あまりに美しい風景は写生が難しい。

五十一歳の句では、夜風に乱れる桜の中に幽霊のような美しい女性の幻想を見る。桜の樹影に美女の幽霊の気配を感じている。

三句目は年次不祥であるが、桜の花も美女をめがけて散っているから、醜い女性がそれを恨むのは愚かだと詠むのは面白い。前書には「むすぶの神に見かぎられたる人」と書いている。

念仏会（ねんぶつゑ）来世（らいせ）は遠し難波寺（なにはでら）

神力（しんりき）誠（まこと）を以（もつて）息の根留（とむ）る大矢数

射て見た（ママ）が何の根もない大矢数

西鶴の神仏観が詠まれている。三十九歳の句では、難波寺（四天王寺）の念仏会で熱心に念仏を唱えても、来世の極楽浄土に行けるのは遠くて難しいとやや冷めた仏教観であり、来世を信じてはいなかったように思われる。

一方、四十三歳の句では、住吉神社の和歌の神に、誰も真似ができない矢数俳諧の速吟ができるように熱心に祈っていた。しかし、その成功の後には、射てはみたがたいしたことはなかったと、成就した後の虚しさを詠んでいる。浮世草子ほどには俳諧に熱心ではなかったのでないか。

松尾芭蕉

旅に病で夢は枯野をかけ廻る

平生則ち辞世なり（『芭蕉翁行状記』）

旅に病で夢は枯野をかけ廻る

清滝や波に散込青松葉

松尾芭蕉は元禄七年（一六九四）十月十二日、五十一歳で没した。大坂の旅宿においてであった。十月十日の遺言に基づき、墓は大津市の義仲寺にある。

芭蕉は没後百年過ぎて、「桃青霊神」「飛音明神」「花の本大明神」の神号・称号を与えられ俳諧の神となったが、俳号・桃青の「桃」と「青」はすでに『荊楚歳時記』では「桃神」と「青龍」の春の神を表していた。芭蕉以後、芭蕉をこえた俳人はいないであろう。辞世についても、「今日の発句はあすの辞世」「一句として辞世ならざるはなし」という芭蕉の言葉をこえられない。

柿本人麻呂が歌聖・歌神と呼ばれ、芭蕉が俳聖・俳神と呼ばれてきたことには、それなりの深い理由があったことが、もはや考えられないような時代になっている。東洋での「神」は、極めて優れているという意味であって、西洋のゴッドとは異なる意味を持つ。

芭蕉をけなす人は少なくないが、凡人は、神の座にある優れた人を、自分と同じ凡人だと考えたがるようだ。

朝日新聞（二〇一二年四月二十八日付）のアンケート「いちばん好きな俳人」では芭蕉が一位であった。正岡子規は戦略的に芭蕉を批判して与謝蕪村を持ち上げ、最近では嵐山光三郎が『悪党芭蕉』で芭蕉を悪党に貶めていたのは、読者うけをねらい、芭蕉の精神面を無視した意見であった。

引用した一句目は死の四日前に詠まれ、一般的に芭蕉の辞世の句と思われ、二句目は以前に詠んでいた句〈清滝や波に塵なき夏の月〉を、一句目を詠んだ翌日に推敲して改めたものであり、時間的にこの句の方が遅いから辞世句にふさわしいという学者の意見がある。

「平生則ち辞世なり」「今日の発句はあすの辞世」という芭蕉の信条からすれば、どちらも辞世の句ともいいえるが、俳句を推敲する時間的なゆとりを持っていて、死を強く意識して作ったわけではないから、どちらも辞世句ではないともいいえる。芭蕉は意識ある限り誠実に句作し執拗に推敲していた。後世の人は芭蕉が死んだ日と句を詠んだ日を知っているから、門弟も現代人も後付けで辞世句として思い込みがちである。

一句目は死の四日前の句である。辞世として構えた句ではなく病中吟であるが、死を思う辞世の構造を持つ。病気だから死を意識していなかったというわけではない。人は重い病気になれば死を意識する。医学が進んでいなかった江戸時代では、病気は死を意識させたであろう。並行して遺書に近い手紙を書いているから、死を意識していなかったということはない。病中吟だから辞世ではないという人が少なくないが、句の構造はすでに辞世の思いである。

芭蕉の句の構造は、有名な吉田松陰の辞世〈身はたとひ武蔵の野辺に朽ちぬとも留め置かまし大和魂〉とよく似た精神的な構造である。

「旅に病で」というのは、身体が滅び野辺に朽ちる前の状態であり、「夢は枯野をかけ廻る」の「夢」とは寝た後にみる夢ではなく、起きている間の心の中の「魂」であり、魂の願望を夢と詠んでいた。「枯野」というのは、この世に魂を「留め置かまし」と思う場所である。体が死に至る病気になっても、魂はこの世に残って枯野をかけ廻っていたいという無念の思いである。俳句の構造は松陰の辞世の歌の構造と同じである。病中吟といえども句の内容は辞世といってよい。

其角は『芭蕉翁終焉記』に「妄執ながら、風雅の上に死ん身の、道を切に思ふ也と悔まれし」という。芭蕉の思いが「妄執」と呼ばれたのは、魂がこの世に残っていたいという願望であった。日本の大乗仏教的なあの世や浄土に行くという悟った思いは一切ない。芭蕉は禅の影響を受けていたという学者・俳人が少なくないが、仏教的悟りを持っていた人であれば、魂の我執・妄執を最後に残すことはありえない。釈迦は表現も欲の一つという。肉体的、物質的欲望とは別に、人に認めてもらいたい名誉欲と表現欲が最後まで残るという。

芭蕉の辞世句には、芭蕉が神と尊敬し大きな影響を受けた荘子の言葉、「精神の宿る肉体は脅かされようとも、精神自体は損傷を受けなかった」という思想における肉体と精神の関係が見られる。辞世の心とは、滅びゆく体への無念とこの世への魂の妄執であった。芭蕉が最期に唱えた「軽み」もまた、大乗仏教や禅とは無関係の荘子の無為自然の境地に依拠していた。人生の最後において、魂が旅を続けて句を作りたいと思えば率直に辞世として残していいというのが、無為にして自然な境地であった。

芭蕉は「俳諧を子どもの遊ぶごとくせよ」と教え、その心は「荘子のごとくせよ」「俳諧をせば荘子をよくよく見て、荘子のごとく有(ある)べし」と蕉門十哲の志太野坡(しだやば)に説いたと『鉢袋』は伝える。志太野坡は芭蕉の軽みを継承していると芭蕉が認めた俳人であった。

芭蕉の辞世句には切れ字はなく、六・七・五の散文のような句体であり、人生最期の句はまさに童子の心の句であった。

芭蕉はその夜に門弟を集め、今後の指導を拒否して夜伽の題で作句させたことが『去来抄』に伝えられている。

病中吟といえども冷静に門弟に説いた時の句であり、夜に寝ている間の「夢」の句ではなく、意識が明瞭な時に詩魂の誠を表現した句である。旅先で病気となり、心が枯野を駆け巡る思いの中にいる。芭蕉は今もかの世で旅を続けているかのようである。

芭蕉の句の言葉の「夢」は、〈君やてふ我や荘子(さうじ)が夢心〉の句の夢を含め、芭蕉が最も尊敬していた荘子の「胡蝶の夢」を踏まえている。君が蝶なのか、私が蝶の夢を見た荘子なのか、荘子を語り合う君と私は夢の中にいるという思いである。また荘子の「夢の中で蝶になって天高く飛び回る」ことが真実なのか、目覚めている状態が真実なのかと問う文章は、芭蕉の「夢は枯野をかけ廻る」という句に通っている。芭蕉の夢は荘子のいう夢であり、魂の真実の姿であった。芭蕉の人生は、旅という虚(宇宙)と夢の中にあった。

昨日の句は今日の辞世、今日の句は明日の辞世であり、毎日の句が辞世であると思い、芭蕉は旅をしつつ俳句を作っていた。

「清滝や」の句について、『芭蕉　最後の一句』で、魚住孝至は「青松葉」は現実の青い松葉ではなく芭蕉自身であり、芭蕉が清滝川の中に入っていって流れたいという思いを表現していると解釈し、これこそが芭蕉の最期の一句という。「むろん証拠となる資料があるわけではないが、可能性としては十分にあり得ると思う」と魚住はいう。学者・読者の主観的理解の可能性としてはありうるが、青松葉が芭蕉自身の魂を直接表しているような句は、芭蕉のほかの句には見られない。例えば有名な句〈古池(ふるいけ)や蛙飛(かはづとび)こむ水のおと〉の飛び込む蛙が芭蕉自身であったとか、〈閑(しづか)さや岩にしみ入(いる)蟬の声〉の蟬が芭蕉自身であったとか、俳句の中の生物が芭蕉自身だという句は見つからない。芭蕉は自分自身の思いを詠むときには明らかに自分を主役として思いを直接詠んでいる。「古池や」の句では蛙が生命の象徴として池に飛び込み、「閑さや」の句では蟬の声が生命の象徴として岩にしみ込むように、「清滝や」の句では青松葉が生命の象徴として川に散り込んでいる。体が病から死に向かうことと魂の思いとの対比において乖離がない。病気で苦しむ芭蕉と青松葉のイメージは重ならない。川に散る姿を芭蕉というならば、川に入水するオフィーリアのような姿であるが、芭蕉の句文からは入水的な最期を望んだと思わせるものはない。結果として最後に推敲した句として残ったのであって、死期を知った辞世の句として推敲した可能性はありえないと思われる。

此秋は何で年よる雲に鳥

これは亡くなる約二週間前の句であり、『笈日記』には「身のいたづらに老ぬらん」と老衰を悲しみつつ「下の五文字、寸々の腸をさかれける也」といい、「雲に鳥」の五文字を得るまでの腸(はらわた)をちぎるような苦労が書かれている。

雲に鳥が入って消えていく風景に、芭蕉の魂が旅を続ける願望が表れているが、病気を伴った老いへの思いははっきり「何で年よる」と詠まれる。身体が老化しつつある「年よる」という言葉と、鳥という魂が雲に入っていくという生命の二面性の構造が見られる。身体と魂の乖離という辞世の構造である。山本健吉はこの句を「芭蕉一代の絶唱」と呼ぶ。「年よる」とは老化して死に向かう体であり、「鳥」は詩魂である。精神的な構造からいえば、この句は辞世に近い。死に近い老いを深く感じている。

野ざらしを心に風のしむ身哉(かな)

芭蕉は四十一歳の時に、俳諧の旅を始めている。最初の野ざらし紀行に立つ時には、野たれ死んで髑髏(されこうべ)になる覚悟をして秋風が心にしみ入ると詠んだ。野ざらし（髑髏）は荘子の言葉を踏まえている。荘子が髑髏を枕にして眠ると、夢に骸骨が現れて、生は苦しく死ねば楽しいという。

芭蕉の旅の句はわずか十年だけであり、十年の間に優れた秀句・名句を多く残した。死の直前の句の言葉「野」は旅の始めの句の「野ざらし」に通っている。枯野をかけめぐる夢の魂は、野たれ死ぬことを覚悟していたようだ。野ざらしとは最初の紀行だけではなく、それ以後も紀行とともに俳諧人生があり、いつかは髑髏になる覚悟であったようだ。

命こそ芋種よ又今日の月

命なりわづかの笠の下涼み

初花に命七十五年ほど

命二ッの中に生たる桜哉

桟やいのちをからむつたかづら

中山や越路も月はまた命

年たけて又越ゆべしと思ひきや命なりけりさやの中山　西行

芭蕉は命をどのように詠んでいたのであろうか。

芭蕉は命そのものをいつも心にかけていた。引用句は三十一歳以前といわれる時期から四十六歳までに詠まれた命の句である。

一句目では、生きながらえて、今年もまた里芋を供え名月を見られたから、命こそが芋の種であると詠む。命あっての俳諧人生である。「又」月を見られたという思いは、西行の歌の

「又」佐夜の中山を越えたという思いに通じる。芭蕉句の「命」はいつも西行の歌の「命」を踏まえている。

芭蕉は、西行の「命」の歌の深い伝統的な精神を継承していた。漢字の「命」は、神からいただいたものという意味を含んでいて、日本神道の神話の神の名前に「命（みこと）」という漢字が当てられたのは、道教の神の名前に「命」という漢字が使われていたからで、日本神道は道教神道を模倣したことが理解できる。「神道」「神社」「神宮」といった漢字も道教から学んだものであった。日本の神社は案外新しく飛鳥時代以前には遡ることができない。天武天皇の時代に、神社や神道という言葉を道教から学んだから、日本の神道や神社が飛鳥時代にできたのであろう。縄文時代や弥生時代の宗教は文字がないからわからない。

命の生死の不思議を突き詰めて深く思えば神の存在に出会うのは、現代人でも同じである。現代人が祈る時には、自分を超えた何か神的なものに祈っていることは紀元前の道教の神であれ飛鳥時代の神であれ同じである。

二句目は、故郷伊賀に帰る途中の佐夜の中山で詠まれ、笠の下でわずかな涼をとって命をつないでいる。江戸と故郷を往復して俳諧に命をかけていた芭蕉は、三十三歳という若い頃でも、六十九歳の西行に似た思いを持っていた。

三句目は、三十五歳以前の句とされる。初物を食べると七十五日は延命するという諺「初物七十五日」をもじって、初花を見ると七十五年命が延びるという諧謔の句である。

四句目は四十二歳の時の句である。伊賀と京の間の水口という場所で、二十年を経て古くからの友人に会い、同じ時間を生きた桜が咲いていると詠む。桜もまた人間と同じ命を持っているという思いである。

五句目は四十五歳の時の木曾の桟での句であり、蔦葛(つたかずら)が命がけの様子で絡みついていると詠む。山中の険しい場所では細い通路に人の命がかかっているが、蔦葛もその命は桟にたよっている。芭蕉は、人間と植物に同じ生命を感じていた。荘子の「万物は一なり」という万物の命の平等精神が芭蕉に影響している。命とは自然・造化の定めだと荘子は説き、天命・運命の意味を含んでいた。

六句目は西行の歌を踏まえ、西行の歌は歌人・能因の命の歌〈命あれば今年の秋も月は見つ別れし人にあふよなきかな〉(命ながらえて今年の秋も月を見ることができたが、死別した彼に逢えることの世の夜はもうない)を踏まえている。西行も芭蕉も自らの命を思うだけでなく、旅において亡き人々の魂を鎮めていた。芭蕉の旅の目的の一つは鎮魂の旅であった。

芭蕉自身が残した句や文を読む限り、芭蕉の思う命は、あくまでも生きている間の命であって、死後に命が続くとか、浄土に行くとか大乗仏教的なことは考えていなかったと思われる。大乗仏教的な思想ではなくて、人為的なさかしらのない、不自然な表現技巧ではない、あくまで無為自然な心を持ち続けていたことを芭蕉の秀句、辞世の句が表している。

与謝蕪村

しら梅に明る夜ばかりとなりにけり

冬鶯むかし王維が垣根哉
うぐひすや何ごそつかす藪の霜
しら梅に明る夜ばかりとなりにけり

与謝蕪村は享保元年（一七一六）摂津国（現在の大阪市都島区毛馬町）に生まれ、天明三年（一七八三）十二月二十五日未明、六十八歳で没した。芭蕉の死の二十二年後、将軍吉宗の時代に生まれている。

引用句は臨終三句である。

一句目では、蕪村が病床の夢うつつの状態で冬鶯の鳴き声を聞いて、蕪村が尊敬した唐の詩人・王維が垣根に聞いた鶯と幻想した。二句目では、霜を置く藪の中で鶯はこそこそと音を立て、鶯の生命のよみがえる音を幻聴のように聞いていた。

三句目は最期の句として有名であるが、句の背景を知らずに一句独立して詠めば臨終の句とはわからない。後継者・几董（きとう）の「夜半翁終焉記」によって臨終の句と理解されてきた。
夜が白み始める頃に白梅の香がほのかにただよってきて、夜の闇はまずその白い花のあたりから明け始めるとは言葉の上の解釈である。旧年のうちなのに蕪村は白梅の句を詠み、「初春」という題を置くように病床で指示したという。この時の蕪村の心を推し量る山下一海の『白の詩人　蕪村新論』の文章が感動的であり、私は何度も山下の文章を引用してきた。ポエジーを理解できる学者は詩的な解釈をすることの好例である。

「梅の花とともに早くも到来した春を喜び、病の回復へのかすかな望みを継ぐものであり、さらに彼岸の法悦の境を予感するものだった。おそらく蕪村にとってこの白梅は、極楽浄土にいます阿弥陀仏のお姿であったのだろう」
「毎朝決まってその白梅のあたりから夜があけるとは、蕪村にとっての風雅の浄土がもうそこに来ていることを示している。蕪村の白はわれわれを霊妙な法悦の境へといざなうのである」

これらは学者の文章というよりも、詩的な文であり、蕪村のポエジーの本質をついている。

頭の固い俳人批評家であれば、白梅と浄土を結びつけるのは論理的飛躍と批判するところだが、読者が感動するのは論理的正しさではなく、詩的で直観的な把握である。

白梅が極楽浄土の阿弥陀仏を象徴し、霊妙な法悦の境にいざなうと山下が直観したのは、蕪村が浄土門であることを意識したのであろう。俳句はたった十七音の短さだから、詠まれた十七音だけでは意味がわかりがたい。後世に句についての解説・解釈が書かれると、その後の句の解釈は句だけではなく、句について書かれた文章が読者の鑑賞に影響するのは避けがたい現実である。

肯定的な鑑賞文・批評文だけが後世に伝えられていき、歴史が秀句・佳句として認めていく。

蕪村は出生については自ら一切公にせず、一度も故郷に帰らなかったために、故郷に暗い思い出を持っていたとされる。二十二歳の時に江戸に下り、俳人・早野巴人（はじん）の門に入った。三十歳頃は釈蕪村と名乗る浄土宗の僧侶であった。三十六歳で京都に上り、四十五歳で還俗し与謝を名乗り、五十五歳で俳諧宗匠となっている。蕪村の号は陶淵明の詩「帰去来の辞」の一節「田園（でんえん）将（まさ）に蕪（あ）れんとす　胡（なん）ぞ帰らざる」の蕪れる（荒れる）に基づくとされる。一生、大乗仏教に帰依するほどではなかったから、芸術の世界に戻ったのであろう。

当時は絵画の需要があり生活上は絵師であった。中国の文人芸術が流行していたが蕪村は余技としてではなく本職の絵師であった。蕪村五十三歳の時には、『平安人物志』の中で応挙・

大雅・若冲と共に絵師としてあげられている。中国の古典をテーマにした絵画が多く、中国文人の思想を和様化していた。俳画は蕪村が大成したジャンルであった。

我も死して碑に辺せむ枯尾花

現在では芭蕉よりも蕪村が好きだという俳人がいるが、蕪村は芭蕉を尊敬していた。蕪村が尊敬していた芭蕉を嫌うということを蕪村は理解できないであろう。二百年後に芭蕉と優劣を比較されるとは思わなかったであろう。蕪村は芭蕉復興、正風復興の中心人物であった。蕪村が芭蕉を尊敬していなかったら、この句は詠んでいなかった。死後のことを生前に望むことは辞世の使命の一つである。

絵師として、芭蕉像を多く描き人気だったという。芭蕉は漂泊者といわれるが蕪村は定住の生涯であり、芭蕉には故郷があったが蕪村は故郷喪失者であった。芭蕉もよく考えれば漂泊者とはいいがたい。すべて旅の行程と予算は計画されたものであったようだ。人生そのものが漂泊ではなかった。漂泊というのは計画を立てることができない生き方である。

引用した句は蕪村六十二歳の時の遺言のような句であり、芭蕉の石碑がある京都の金福寺の墓に埋葬された。芭蕉は木曾義仲の墓の隣に葬られ、蕪村は芭蕉の石碑がある寺に葬られた。

死後も存在する何かを信じていなければ、自らの墓の場所を指定しないであろう。芭蕉も蕪村も魂が俳句・俳文として残ることを信じていた。詩魂を持たない人は、詩歌俳句を詠むことはないであろう。ポエジーとは詩歌魂の働きをいう。

芭蕉は自らの魂が死後も義仲の魂の近くにいることを望み、蕪村は死後に自らの魂が、芭蕉の石碑にこもる魂の近くにいることを望んでいたのである。

死後の魂といっても、いわゆる死後の世界である浄土・極楽・黄泉という他界で新しい生活があるということではなくて、墓という現実の世界の石に自らの魂が残ればいいというはかない願望である。死後、本当に、あの世の生活が実在すると信じていれば、辞世の句を残す必要はない。生前に詠む句はすべて生きている間の願望である。

芭蕉去(さり)てそののちいまだ年くれず

時雨(しぐる)るや我も古人の夜に似たる

門(もん)を出(いづ)れば我も行人(ゆくひと)秋のくれ

一句目は「歳末弁」という文章にある句である。名利の街に走り貪欲の海に溺れている江戸の世の中にあって、「蕉翁去りて蕉翁なし」と蕪村は芭蕉を尊敬し、没後百年において芭蕉のような高雅な心境で句を詠む人はいないと思っていた。

芭蕉の時雨忌には時雨の中で芭蕉を偲んでいた。

三句目は芭蕉の〈此の道や行人なしに秋の暮〉を踏まえている。門を出て芭蕉のように道を行く人になろうかという意味である。

草の戸に消(きえ)なで露の命かな

塵塚(ちりづか)の髑髏(どくろ)にあける青田かな

鵜飼(うかひ)見てもどれば宿のみだ仏

死の年に詠まれ、蕪村の死生観を表している。

粗末な家に住みながら、いまだ露と消えないで余生少ない命をかろうじて保っていると詠む。

塵芥の中に捨てられた髑髏と青田の上に夜が明けていくと思う句には蕪村の怪奇趣味が表れている。意識が明瞭な時には臨終の白い梅とは違い、自らの髑髏を幻想していた。死後の髑髏を思うことは芭蕉や一休にもあり、荘子の影響であった。死を怖く思う必然はなく、髑髏になっても楽しいと説く荘子の「無為自然」と、「万物斉同」という生命と魂の平等の思想に基づいている。

鵜飼見物では殺生の罪を忘れて楽しんで見物していたが、宿に戻ると阿弥陀仏にとがめられるという浄土宗の信者らしい思いを表現している。芭蕉は荘子を神のように尊敬して、造化随順と無為自然の思想を持っていたが、蕪村は若い頃に僧侶であったからか、阿弥陀仏の信仰を持っていた。死後の生命の実在を信仰していたというよりも、美的なイメージとしての浄土願望の心である。

松島で死ぬ人もあり冬籠(ふゆごもり)
限りある命のひまや秋の暮

死の前年六十七歳の時の句である。一句目は当時の俳諧師が景勝地の松島で死の本懐を遂げたことをうらやましく思うが、自らは冬ごもりを決めていると詠む。二句目では、限りのある命の中のひとときに、秋の暮のあわれさに人生の短さ・寂しさを惜しんでいる。無常の気持ちが、四季の風景によってより一層感情が深められている。「限りある命」とは避けられない死である。

小林一茶

生身玉やがて我等も菰の上

生身玉やがて我等も菰の上
花の陰寝まじ未来がおそろしき
穀つぶし桜の下にくらしけり

小林一茶には、芭蕉や蕪村のように辞世の句として有名な句は伝わってこなかったため、全句集の中で死の一年以内に詠まれた句から死を意識した句を選びたい。

一茶は宝暦十三年（一七六三）松尾芭蕉の死の六十九年後、信濃国に生まれ、徳川体制が終わる四十年前、文政十年（一八二七）十一月十九日、仮住まいの土蔵の中で没した。享年は六十五である。

一句目は死の数か月前の句であり、生きている我等も例外なくもうすぐ死体となって菰の上だと無常を詠む。芭蕉や蕪村と異なり自らの思いを詠まず、「我等」と複数にしてやや客観的に死を捉えている。現実的な死生観を持っていた。

二句目は、一句目のすぐ後に詠まれた。美しい花の陰で寝ると、死んだ後に地獄に行くから寝ないままでいようと詠む。前書には「耕(たがやさ)ずして喰(くら)ひ、織(おら)ずして着る体(てい)たらく、今まで罰(ばち)のあたらぬもふしぎ也」とあり、働かないで俳諧の言葉だけで生活してきたが、罰がないのはおかしいと思い、俳人は地獄に行くと覚悟していたようである。この前書は『荘子』の「耕さずに食い、機も織らず着物を着て、いい加減な議論をして、天下を惑わせて、罪は重い」と孔子を非難した文章を踏まえている。儒者と同じく俳諧師も穀つぶしだと考えていたようだ。芭蕉が荘子を尊敬していた影響を受け、芭蕉を尊敬していた一茶もまた書簡や日記に、『荘子』『老子』の書物を読んだことを書いている。近世の俳諧師が最もよく読んだのは荘子であったが、現在、無視されがちなのは老子・荘子の無為の心、自然の心であろう。

一茶の残した二万句には浄土真宗の影響だけでなく、無為自然の老荘思想や神道思想等の影響が見られる。一つの思想や宗教に帰依したという俳句はない。

ぽつくりと死(しぬ)が上手な仏哉

死時(しにどき)も至極上手な仏かな

死花をぱつと咲(さか)せる仏哉

一句目は死の前年の句である。「ぽつくり」と上手に死んでいきたいと望んでいたのは面白い。これらは死を意識した句であるが、一茶俳句の「仏」とは釈迦仏教が説いたような、生きている人間が悟ったという意味の仏ではなく、悟りには無縁の、これから死に向かうか、あるいは死んでしまった凡夫(ぼんぷ)の姿である。人間は生きている間は釈迦のように悟った仏にはなれず、死んでからやっと煩悩がなくなり仏になれるという意味で、死者を仏と呼ぶ日本での一般的な言い方は案外理にかなっているのではないか。多くの欲望を持って生きている人間は、釈迦の説くようには悟れないから、釈迦仏教がインドで廃れてしまって、釈迦を神のような仏像にして拝むようになったのが現在の大乗仏教である。

阿弥陀仏を拝んでも悟ることは難しいということを一茶は諧謔的に詠んでいる。仏像を拝むということは、自ら悟るという心とはまったく異なる働きである。釈迦には仏像を拝むとか、死後、浄土に行くとかいった思想はまったくなかった。あくまで、この現実の世の中で欲望を抑えないと心の幸福はないということを教えていた。

ともかくもあなた任せのとしの暮

露の世は露の世ながらさりながら

露の世の露を鳴(なく)也夏の蟬

『浄土仏教の思想　第十三巻』の中で、大峯顕（俳人・大峯あきら）は、「俳人一茶の創造の根源には、一茶が幼時から育った浄土真宗の雰囲気がひそんでいるように思われる」「一茶はその父ほどには信心を得ていたとは思われない。一茶の本領はどこまでも詩人にあったと言うべきであろう」と洞察する。また、詩の発想が芭蕉のような自力の立場でなく他力の立場ではないかといい、稀な多作であったことも他力的発想だと述べている。

阿弥陀仏というあなたにまかせて露の世を生き抜いた一茶は、芭蕉と異なり複雑な精神構造を持っていた。芭蕉もまた絶対的な自力というわけではなく、むしろ荘子の説く無為自然、四時(しいじ)、造化・宇宙の虚や神に随う精神を持っていたから、他力的な面の方を多く持っていた。自力で欲を抑えるという釈迦の教えを人間が守ることは不可能だから、インドでは廃れてしまって、他力の大乗仏教が起こったようである。

御仏や寝てござっても花と銭

御仏や生(うま)るゝまねに銭(ぜに)が降(ふる)

ねはん像銭見ておはす顔も有

晩年の一茶は、仏や信心をからかう精神を持っていた。信心には遠い精神である。日本人にとっての仏教は江戸時代においてすでに、悟りや信心という釈迦が説いた純粋な宗教というよりも、葬儀・法事・墓を主とした僧侶の生活のための俗的な世界であった。江戸末期の仏教世界の様子を一茶は率直に描く。現在問題になっている仏教寺院・僧侶の世界と金銭の問題がすでに一茶の句の中で批判されていた。芭蕉や蕪村に比べて一茶がもっとも経済的に生活が苦しかったようだから、銭のことばかり考えている多くの僧侶や、坊主丸儲けの生活を皮肉っている。

一茶が生涯で詠んだ約二万句の中には、さまざまな精神・思想が混在していて興味深い。

月花や四十九年のむだ歩き

芭蕉翁の臑(すね)をかぢ(じ)つて夕涼

桃青霊神託宣に曰くはつ時雨

しぐるゝや芭蕉翁の塚まはり

義仲寺や拙者(せっしゃ)も是にはつ時雨

一茶は、当時の一般の評価と同じく芭蕉を翁、霊神と思い多くの時雨の句を詠んでいた。貧しい中で生活の役に立たない俳諧を続けるには心の拠りどころが必要であり、死ぬまで芭蕉を尊敬していたことが句から理解できる。四十九歳の頃には、月と花の風雅にうつつを抜かした四十九年は無駄だったと反省をしている。しかし五十一歳の句では、貧しくとも故郷に帰って門人を教えられる境遇は芭蕉のおかげだと感謝していた。夢の中で霊神の芭蕉が神託を告げれば初時雨が降っていた。明治以来、芭蕉の神格化が非難されて芭蕉を俗人化する傾向があり、芭蕉よりも蕪村や一茶を高く評価する傾向が見られるが、蕪村と一茶は深く芭蕉を尊敬していたことが、二人の俳句から理解することができる。

神国（かみぐに）は天から薬（くすり）降りにけり
末世でも神の国ぞよ虎が雨
天皇のたてしけぶりや五月雨

神国や天皇を直接テーマに詠むことは芭蕉や蕪村には見られず、現代俳句でも少ない。近世の句にしては違和感があるが、一茶は本居宣長と同じ時代に生き、宣長の国学の影響を受けている。日本が欧米の外圧を受けていた時代であり、一茶は世情に敏感であった。「仏道、儒道、皆濁れるも、神道ひとり澄り」（「文政句帖」）、「日本魂の直き心」「神のやしろいとなみて」（「俳文拾遺」）といった一茶の言葉には、国学・神道の影響がある。一句目は、五月五日に降る雨水で薬を製すると効果があるという意味である。仏教が濁っていて、神道だけが澄んでいるという宗教観は、今までの一茶論では語られてこなかったところである。

かすむ野にいざや命のせんたくに

花の山命のせんたく所哉

命也焼く野の虫を拾ふ鳥

命を詠んだ句であり、自然に触れることを「命のせんたく」と呼ぶのは現在にも通じて面白い。「命也」という言葉には、西行の歌を踏まえた芭蕉の命の句を連想する。一茶の多くの句には、一面的な一茶論では捉えられない多様性がある。

夏目漱石

人に死し鶴に生れて冴え返る

夏目漱石は江戸時代最後の年・慶応三年（一八六七）江戸牛込に生まれ、大正五年（一九一六）十二月九日に四十九歳の若さで没した。墓は豊島区の雑司ヶ谷霊園にある。二〇一七年は、生誕一五〇年にあたり漱石について多く語られたが、漱石の俳句と漢詩が今も正しく理解されていないのは、漱石の大変関心があった老荘思想が無視されてきたからであろう。老荘思想や道教を理解せずに、漱石の俳句や漢詩を理解することはできない。

漱石が大好きだという作家・半藤一利（義祖父が漱石）とアニメーション監督・宮崎駿が対談（「朝日新聞」二〇一七年十一月二十六日付）で、漱石の『草枕』について語っている。「漱石の作った桃源郷のような世界」「山があって川があって、山水画の世界です」と半藤はいい、「何度読んでも、どこから読んでも面白い」「飛行機に乗る時はいつも持って行きます」と宮崎は熱く語っている。漱石が一生で最も書きたかった小説は俳句の影響を受けて書いた『草枕』であり、そこには神仙思想の影響があった。

人に死し鶴に生れて冴え返る
春寒く社頭に鶴を夢みけり

一句目は三十歳の頃の句であり辞世句ではないが、死後は鶴に生まれたいと詠む。死の三か月前の漢詩においても「孤愁（こしゅう）　鶴を夢みて　春空（しゅんくう）に在り」と鶴への転生を夢見ていた。鶴に生まれ変わるというのは、鶴に乗り天上の神仙となる道教思想である。漱石は近代文明社会を嫌い、逃避願望を持ち、俳句と漢詩で仙界に飛翔する鶴への変身を願望していた。漱石は老子・荘子と同じく戦争を嫌ったが、この世から戦争はなくならないと思っていた。徴兵を忌避するため漱石は二十五歳から四十六歳まで北海道に転籍をしていた。非戦・反戦と神仙郷願望は深く関係している。鶴に生まれるというのは、戦争のない国に生まれたいという願望である。激しい戦争ばかりしていた戦国時代に生まれた老子・荘子は非戦の思想を持っていた。

瓢箪は鳴るか鳴らぬか秋の風

『漱石全集』俳句の巻の最後の句である。禅僧・富澤敬道宛の書簡に記された五句の中の一句であり、「瓢箪はどうしました」との前書がある。時間的には最期の句ではあるが、禅僧への書簡における禅問答的な句であるため、漱石の真の死生観のこもった句ではない。小説『門』では最終的に禅を理解することができず禅的悟りをあきらめていた。瓢箪は鳴るか鳴らぬかといった禅問答と、漱石の最期の境地「則天去私（そくてんきょし）」とは無関係であろう。禅問答によって簡単に悟ることができれば僧侶はすべて悟ることができる。簡単に悟ることができないから、死ぬまで僧侶は禅を続ける必要があった。小説・漢詩・俳句という言葉の芸術に関心を持った漱石は、あくまで言葉の世界を信じていた。言葉によって表現できない禅的なものを信じることができるならば、文学者にはなっていなかったであろう。

　空中に独（ひと）り唱（とな）う　白雲（はくうん）の吟（ぎん）

　秋高し吾白雲に乗らんと思ふ

　神の住む春山白き雲を吐く

最初に引いたのは死の一か月前に詠んだ漢詩絶筆の一部である。漢詩最後の七言律詩であり、漱石の人生観「則天去私」を表し、辞世に近い。山本健吉は「漢詩の世界」（『文芸読本　夏目漱石Ⅱ』所収）の中で、「空々漠々とした、生の彼方の悠久の世界なのである。身は失われ、魂魄は空中にあり、かの白雲に乗って、ひとり『白雲の吟』を唱える。これも老荘的な仙の境涯であった」と洞察する。さすがに山本健吉は漢詩を深く理解していた批評家である。

漱石は禅ではなく老荘の人であった。漢詩で「白雲」といえば、荘子の「白雲に乗じて帝郷に至らん」の世界であり、帝郷とは仙人の棲む桃源郷であった。漱石は雲に乗りこの世を離れた仙境に行くことに憧れ、芭蕉と同じく無為自然の境地に憧れていた。『草枕』に書かれた「俗念を放棄して、しばらくでも塵界を離れた心持になれる詩である」という世界である。漱石は漢文が得意であり、漢文学者になりたかったが、英語教師は生活のためであった。漱石の漢詩は日本の漢詩の歴史においても最も優れたものの一つといわれている。

漱石は自らの思想を「耶にあらず仏にあらず又儒にあらず」と漢詩に詠み、キリスト教でも仏教でも儒教でもないという。では何を信じていたか。漱石は学生時代に論文「老子の哲学」を書き、子規と出会って作った漢詩に、「塵懐(じんかい)を脱却して」「遊ぶに儘(まか)す　碧水(へきすい)白雲の間」とある。東京の生活も英文学の世界も嫌いな世界の「塵懐」であり、心が求めているのは、老荘的「碧水白雲」の世界であった。

「美を生命とする俳句的小説」と自らいう小説『草枕』を書いたあとは、美しいだけの小説ではいけないと思い、時代と社会に生きる烈しい精神を持った小説を書き、人生の問題、俗世間の問題を正面から扱った。また文明開化への疑問からくる文明批評を行い、工業化社会には嫌悪感を持ち、人間のエゴイズムへの考察をしたため神経の安らぐことがなく、胃潰瘍の原因になったようだ。小説の中では、人間の欲・我執を描き、純粋な愛のないニヒリズムの現実の世の中を徹底して描こうとした。一方、俳句や漢詩を通じて魂の理想郷・桃源郷の世界を思い、精神的なバランスを保っていたようである。

漱石は芥川龍之介に、午前は小説『明暗』を、午後は漢詩を書くという手紙を送っている。日本を代表する文豪にとり、俳句と漢詩こそが自らの心を純粋に語れる第一芸術であった。俳句という文学が日本人の世界からなくならない本質的な理由であろう。

「十七字は詩形として尤(もっと)も軽便である」「詩人になるというのは一種の悟りであるから軽便だといって侮蔑する必要はない。軽便であればあるほど功徳になるからかえって尊重すべきものと思う」と漱石はいう。

「あらゆる春の色、春の物、春の声を打って、固めて、仙丹に練り上げて、それを蓬萊の霊液に溶いて、桃源の日で蒸発せしめた精気が、知らぬ間に毛穴から染み込んで心が知覚せぬうちに飽和されてしまったといいたい」という漱石の自然観・人生観は、仙丹(せんたん)、蓬萊の霊、桃源、精気等々の道教思想の言葉に満ちているが、漱石を語る学者・俳人からは無視された文章である。

菫程な小さき人に生れたし
大和路や紀の路へつゞく菫草
見付たる菫の花や夕明り
仏性は白き桔梗にこそあらめ

漱石は、小さい菫（すみれ）の花を好み、生まれ変わりたいとまで詠んだ。漱石秀句の一句、〈菫程な小さき人に生れたし〉と〈人に死し鶴に生れて冴え返る〉は、死後の願望であり辞世的な内容である。戦争をしている近代社会、エゴイズムを書く小説世界は、自らの理想の世界ではなかった。菫を愛した漱石は、自ら菫の苗を比叡山から採集し庭に植えるほどであった。芭蕉の〈山路来て何やらゆかし菫草〉の心である。芭蕉も漱石と同じく荘子の無為自然の境地に憧れていた。大和路から紀の路へ続く山路に菫を発見した漱石もゆかしいものを感じていた。「小さき人」とは子供という意味ではなく、漢語の小人（しょうじん）であり、君子に対応する言葉である。

老荘思想を好んだ漱石にとっては、君子のような立派な人ではなく、人知れず野山に咲く菫のような人、陶淵明や李白のような詩的境地に憧れていた。菫の紫はロマンを象徴する色である。生命の根源としての「仏性」とは、漱石にとって、白い桔梗の花に尽きる。漱石は〈瓢箪は鳴るか鳴らぬか秋の風〉のような禅問答を通じて仏性を悟ったのではなく、菫や桔梗の花に生命の根源を深く純粋に感じる詩人であった。

正岡子規

糸瓜咲て痰のつまりし仏かな

糸瓜咲て痰のつまりし仏かな
糸瓜さへ仏になるぞ後るゝな

正岡子規は慶応三年（一八六七）松山に生まれ、明治三十五年（一九〇二）三十五歳で没した。忌日は九月十九日、東京田端の大龍寺に眠る。

一句目は死の前日の絶筆である。子規の辞世の句として有名だが、自らの命が危険な状態の時に人は俳句を思いついて筆で書くだろうか。痰がつまって苦しい時に、病人なら安静を求めるのが普通だが、子規はあえてその自らの苦しい状態を俳句にした。死の前の俳句への執念は芭蕉によく似ている。子規も芭蕉も人生・生死を達観して死んだわけではなかった。

まだ生きている状態で、子規はなぜ「仏」という言葉を使ったのか。子規は写生を唱えて俳句の近代化に寄与したというのが俳句史の常識であるが、子規自身は主観を描写した辞世句を残したという事実はあまり語られてこなかった。辞世句の「仏」は客観写生の立場で詠める対象ではない。

二句目は死の一年前の『仰臥漫録（ぎょうがまんろく）』に見られる句であり、糸瓜と仏という言葉が絶筆と共通していることは、死の直前に突然、糸瓜と仏を詠むことを思いついたのではなく、一年前から糸瓜と仏について計画的に考えていたことを証明している。

一年間、深く死と仏について考えていたから、一年後の絶筆ができたのである。一句目が時間的に最後の辞世句とするならば、内容において本当の辞世は二句目であり、子規の死生観がもっとも明瞭に表れた句である。

句の一か月後に、葬式の広告・戒名・通夜は無用と書いていた。葬儀については、葬儀無用という釈迦や親鸞と同じく葬式宗教には反対の合理的な考えであった。

〈痰一斗糸瓜の水も間にあはず〉という句も、主治医によればすでにひと月前に作られていたという。辞世の句というのは、事前に準備しておかなければ詠むことができないという例である。

死というのは、死に気が付いたときにはもうすでに死んでいるのだから、死を知ってからでは辞世の句はできない。生きている間に詠まないと辞世の句を作ることができない。死が近いことを子規は感じていたから、辞世を準備できたのである。

子規の絶筆について、成仏直前の痩軀の客観化と滑稽化だと山本健吉はいい、ただ事実を陳べたまでだと高浜虚子はいい、肉体から抜け出た子規のもう一つの目を感じると大岡信はいう。文化勲章受章者の優れた文学者三人の解釈が異なっていることが興味深い。

批評・解釈とは、優れた評論家のものであっても異なる主観的感想であり、絶対的で客観的で正しい批評・解釈というものはこの世にありえないことを知る必要がある。三人の解釈には、俳句観・宗教観が反映されている。解釈は批評家の経験・記憶・主観に依存している。

痰がつまった仏というのは諧謔・滑稽と見ればそう見えてくるが、山本の俳句滑稽説が反映されている。虚子のただ事実だという解釈には、荘子風の無為自然の見方が反映されている。

この句は苦しむ体をほかの誰かが冷静に見ているような状態であり、大岡信の主観が子規の思いに近いように思える。体から離れた魂の目であり、大岡の詩人的性格が反映されている。

日本人は死んで初めて煩悩から解放されて悟れるから、死骸を仏と呼ぶことがある。滅びゆく体であるホトケを見ているのは子規の詩魂であろう。心・魂が体に依存しているものであれば、痰がつまっている状態を俳句にしようという気持ちは起こりえず、全身で早く痰のつまりを取ろうと努力する。しかし「仏かな」と体を冷静に見ている「心」が存在していて俳句を残そうとする。魂が体から離れて上から自分のホトケを眺めているようだ。「心」は体に依存しているのではなく別のものとして二元的に見ている。

心と体は別のものであるから、文学が存在する。体は心の思うままにはならない。心は体のままにはならない。心が体のままに動くのであれば、辞世の句はできないであろう。魂と体が同じだという一元論を説く人がいるが、魂という言葉ができたのは、魂は体と別に存在していると実感してきたからである。詩魂は言葉として死後に残る。言葉の霊である。言葉は精神・魂の働きであり、体と魂は離れているから、言葉と体とは別々に残る。詩魂・精神と体とが完全に一致しているならば、魂という概念・言葉が生じることはない。

二句目には「草木国土悉皆成仏（そうもくこくどしっかいじょうぶつ）」の前書があり、糸瓜と仏の本質的な意味が象徴されている。ドナルド・キーンは、糸瓜が仏になるということは外国人にはわからず、日本独特の考えだという。植物・動物が人間と同じく仏性を持っているということは日本独自の仏教の考えではなく、中国での大乗仏教が荘子の影響を受けて生じた思想であったことは、仏教を絶対的に考えて老荘思想を無視するか、あるいは老荘を読んでいない仏教学者が無視してきた事実であった。キーンは日本文学の研究者として日本の文化勲章を受章し、国籍を日本にしたが、やはり、草木国土のすべてが生命の根源としての仏性・生命性を生まれながらに持っているという荘子的アニミズムを、心の底から理解することが難しい西洋的な合理性を偏重する思想を持っていたのではないか。

仏教を専攻する学者も僧侶も、日本・中国の大乗仏教が荘子の影響を受けていることは、知らず、また知っていても言わない真実であった。「草木国土悉皆成仏」の思想が荘子に依拠していることを明瞭にしたのは、老荘思想の優れた学者の福永光司であった。

荘子は紀元前において、動植物や無機物の万物に平等な「道（生命）」の根源の存在を論じた。道は在らざるところなしという思想であった。「道はどこにありや」という問いに、道はけら虫にあり、道はひえ草にあり、道は瓦壁にあり、道は屎尿（大便小便）の中にありと、荘子は答えている。

キリスト教は人間以外に魂の存在を認めておらず、インドの釈迦仏教やヒンズー教は草木や国土に仏性・霊性を認めていなかったが、古代中国の荘子は植物や無機物にまで生命性・霊性を認め、中国の大乗仏教に取り入れられて日本に渡来してきた。子規が句の前書に書いていたことが一年後の絶筆のテーマであったと考えられる。

子規が仏教を含む宗教についてまったく考えない唯物論者であったならば、「仏」という言葉が死の直前と死の一年前の句に出てくることはなく、ましてや「草木国土悉皆成仏」の前書がわざわざ付けられることはありえなかった。しかし、辞世の句からは子規が大乗仏教を信じていたとはいえない。「仏」という言葉を使っていても、釈迦仏教の悟りをえた仏の概念にはほど遠い。大岡信が解釈したように、命の根源としての「魂」の存在に近い。魂の存在を説いたのは、文献としての古代東洋哲学では荘子が最初であろう。荘子の考えによれば、魂・気が体から離れることが死であった。子規は死の直前には人間と糸瓜に共通する生命の存在を意識していた。

渾沌をかりに名づけて海鼠哉
無為にして海鼠一万八千歳
石に寝る蝶薄命の我を夢むらん

これらの俳句を見れば子規が荘子の思想に大変関心があったことが理解できるが、子規論で子規と荘子の関係が論じられたことはほとんどなかった。子規イコール写生という固定観念の俳人と学者は、客観写生の句だけしか引用してこなかった偏りが見られる。また日本文学、俳句文学の研究者は老荘思想にあまり関心を持たないようである。

芭蕉・子規・漱石・虚子は、老荘思想と仏教に関心を持っていたが、子規論を書く俳人批評家は老荘思想や大乗仏教に関心が弱く写生論を中心に語っていたから、「草木国土悉皆成仏」の思想と子規の辞世の句との関係については語ってこなかったようだ。

死の三か月前に、「悟りといふ事は如何なる場合にも平気で死ぬる事かと思つて居たのは間違ひで、悟りといふ事は如何なる場合にも平気で生きて居る事であつた」と子規はいう。

体が病気で苦しんでいる時に人の心は平気でいられない。ここでも、平気でいたいと思う詩魂が見られる。平気で生きたいと思うことは、心（魂）と体が独立して離れることである。子規は死の前に、体の状態に左右されず荘子の説く無為自然に近い「悟り」ということを真剣に考えていた。体は病気でも心は病気ではない。体と心は死の直前において別である。

『病牀六尺』の「草花の一枝を枕元に置いて、それを正直に写生して居ると、造化の秘密が段々分つて来るやうな気がする」という言葉が、子規の死の一か月前の俳句観・人生観である。草花を写生することとは俳句を詠む行為であり、写生・俳句という行為の目的は「造化の秘密」を理解することであった。病気の体と詩的精神・詩魂が一体ならば、「造化の秘密」に関心をもつことはありえない。

同じ精神構造が辞世の句に見られる。草花を描写することとは「糸瓜咲て」「糸瓜さへ」という言葉である。「造化の秘密」とは「仏かな」「仏になるぞ後（おく）るゝな」という死の秘密である。子規は心を写生しようとして言葉を失っている。最後は主観的な言葉である「仏」「造化の秘密」「草木国土悉皆成仏」という観念的な言葉を使わざるをえなかった。造化という言葉は荘子の言葉であり、生命・宇宙の根源の神という意味に近い。

『病牀六尺』で子規は、絵の具を合わせて草花を描く写生の楽しみを、「神様が草花を染める時も矢張こんなに工夫して楽んで居るのであらうか」という。造化の秘密とは神が草花を染めることである。死の前に子規は神を想像していた。子規の写生の奥には「造化＝神」が存在していたのである。その神は既成の宗教が説く神ではなかった。子規の言葉を冷静に理解すれば写生を超えて命を成立させる存在を考えていたことは明瞭である。子規が写生を説いたからといって、子規の死生観・文学観・宗教観に即物的な月並み写生だけを考えると唯物的になってしまう。体から離れる見えない魂の存在を考えないと、子規の句は理解できない。

高浜虚子

春の山屍をうめて空しかり

春の山屍をうめて空しかり

高浜虚子は明治七年（一八七四）愛媛県松山に生まれ、昭和三十四年、八十五歳で没した。忌日は四月八日、鎌倉の寿福寺に眠る。

引用句は死の十日前の句会での句である。この句を単独で読めば、死体を埋めるという言葉に自らの死後の姿の暗示を読むことができるが、句会の席に偶然かかっていた額の頼朝を詠んだ詩句に因って詠んだものであり、辞世的な句ではないと富安風生はいう。源頼朝の墓所の屍であり、句会の状況から句は死の予感でなく「偶然の暗合」と稲畑汀子もいう。

優れた俳人の魂は自らの身体の最期を直感するように思えるが、虚子は頼朝の埋められた骨が空しく溶けていることを想像していた。「空しかり」というのは征夷大将軍であった頼朝の人生の無常を意味する。

意識した辞世の句ではないとしても、子規や虚子が唱えた客観的な写生の句ではなく、心の幻想的風景を最期に残して、虚子の骨は寿福寺に埋められた。この句の背景を知らない後世の読者には、この句は死後の虚子の埋葬の句と見えてもおかしくはない。虚子は、死を空しいものと考えていたことは確かである。体は無常で空しいが、残った俳句作品や俳句論は空しくない。読者がいる限り作品は言葉の魂として永遠に残る。体は空しいが詩歌の言葉は空しくないことを逆に伝えている。詩歌俳句が体と同じように無常で空しいものであれば、生活の役にたたない夏炉冬扇の文学作品を、人は作らないであろう。

時間的にはこの句の後に〈独り句の推敲をして遅き日を〉を詠んでいた。

虚子は多くの実践的で現実的な俳句論を残したわりには、人生哲学についてはあまり語らず、死の前の一年間でも辞世めいた句はない。

二十八歳で子規の死に会い、四十歳で二歳の四女・六を亡くしたからか、無常観を持っていたようだ。

人の死生観は、身の周りの人々の死を経験することによって作られていくが、虚子は長寿であったため、多くの人々の死に会っても特別な死生観を持たなかったようだ。空しさを強く感じていたがゆえに、さらにその上に何か人生観を持つことはなかったようだ。どうすることもできない人の寿命に対しての諦観が感じられる。人生観と俳句観に無為自然の心が感じられる。

虚子は大乗仏教について語っているが、何か特定の宗派の宗教観を信じていたような文章はない。仏教を信じるように花鳥諷詠を信じる必要を説いたが、特定の仏教を信じていたとは文章からは思えない。

七十九歳の時、「笹子会諸君」という文章の中で、死についての感想を聞かれて、「死といふものは分らないけれども、人が死んでしまつて、無に帰してしまふとは考へない。仮りに宇宙が生きてゐるとすると、どこまでもその宇宙の一分子となつて残る、といふ事だけは考へられる。分子といつたところで形のあるものではなく一つの精力（エネルギイ）となつて残る。それがどんなものになるのか分らないが兎に角一つの精力となつて残る」と答えていた。

虚子の死生観が理解できる文章である。人は死んでも無に帰するわけではなく、分子として宇宙に残ると考えることには、科学的知識が影響していよう。しかし、分子といっても物理的な形あるものではなく、エネルギーのようなものとして残ると考えていたことは虚子独自の考えである。

風生（ふうせい）と死の話して涼しさよ

八十三歳の時の句である。富安風生が、死ぬ前に苦しむのが嫌で楽に死にたいというと、虚子は死ぬことはちっともこわくないといったと風生が語っていた。
池内友次郎は『父・高浜虚子』で、虚子が亡くなる少し前に「死を恐れないよ、死というものは夜眠って朝覚めないことだ」といい、「永遠の眠り」はうまい表現だと語ったという。風生はこの句でノイローゼが治ったという。虚子は八十歳を越えた時にはすでに荘子的な無為自然の境地に入っていたようだ。釈迦的悟りの境地とは異なった、あくまで無為自然・造化随順・四時随順の荘子的境地であった。死は意識がなくなる状態だから睡眠と同じ状態であろう。死がこわいというのは、まだ生きているからである。

明易や花鳥諷詠南無阿弥陀

八十一歳のこの句については、稲畑汀子が『虚子百句』の中で、虚子が深見けん二に話した言葉を紹介している。「この句は何がどうといふのではないのですよ。我々は無際限の時間の間に生存してゐるものとして、短い明易い人間である。たゞ信仰に生きてゐるだけである、といふ事を云つたのです」といい、「信仰しなければほんたうのものになりませんね」と「花鳥諷詠」を信仰することの大切さを強調している。仏教や思想にまったく関心がなかったわけではなく、自らの人生に関係づけて考えていた。花鳥諷詠を宗教的な信心にまで持っていこうとした新興宗教の教祖のようであり、「ホトトギス」俳句集団のリーダーとして、大乗仏教の考えを俳句に応用したのであった。

山桜諸法荘厳なればこそ
春空の下に我れあり仏あり

仏教や仏の考えとはまったく無縁だったわけではないが、仏教の思想に深入りをしていたわけでもない態度である。桜の咲く様子と諸法が荘厳であることが重ね合わされている。春空という自然の中に自らの生命と仏像がともに存在していると詠むが、我がそのまま仏であると思っているようだ。なにか一つの思想を絶対的に信じるということはなく、俳句のために諸法が存在すると思っていたようだ。

虚子一人銀河と共に西へ行く
わが終り銀河の中に身を投げん
生命といふもの妖し星流る
星一つ命燃えつゝ流れけり

晩年には銀河や流星に生死の思いが込められた秀句が見られる。

七十六歳の頃には西方浄土に向かうと思っていたようであるが、浄土真宗に帰依していた文章は見つからない。あくまで「一人」であり「銀河」という自然・造化世界であった。しかし、銀河に身を投げたいとまで詠むのはこの時点での辞世の思いのようである。

八十一歳の頃には流星を見て、自らの生命の存在を感じている。流れ星と同じく生命は短く燃えてしまうと無常を感じていた。銀河を見れば造化宇宙の象徴を感じ、流星を見ればはかなさを感じていた。

老いてこゝに斯く在る不思議唯涼し
この池の生々流転蝌蚪の紐

七十八歳の頃には、老いてはいるが今ここにこうして生きて存在していることが不思議であることを詠む。不思議と詠むのは存在の肯定である。雑詠選者を年尾に譲り、「ホトトギス」の安泰を感じていたのであろう。池に蝌蚪の紐を見て、生命の生生流転を自らの人生や生物一般に感じていたようである。荘子の説く造化随順・無為自然の心である。

何事も神にまかせて只涼し

その中にちいさき神や壺すみれ

神にませばまこと美はし那智の滝

石庭に魂入りし時雨かな

お降りに諸仏鬼神も潤ひて

虚子は若い頃は主観的な俳句を詠み、「理学者博物学者が驚嘆する霊妙の神霊に融化し其形を補へ来つて詩魂をうつすものこれ我俳人のつとめとすべきところなるべし」と、二十一歳の時にすでに本質的な俳句論を残した。その後は客観写生を説き始め、虚子は神への思いを抑えていた。八十二歳の頃には、人生のすべてを神にまかせるという態度が見られる。芭蕉が尊敬した荘子の説く造化随順の考えに近い。

石庭のみならず森羅万象に共通する生命としての魂を詠み、神と仏は同じ霊的な存在であることを詠んでいる。

冬枯の庭を壺中の天地とも

造化又赤を好むや赤椿

書読むは無為の一つや置炬燵

昼寝して覚めて乾坤新たなり

コスモスの花あそびをる虚空かな

歌人・玉城徹は『俳人虚子』で、虚子の思想を「老荘的傾向」と直観していた。虚子論で老荘を取り上げた批評家は少ない。

子規と漱石はともに老子・荘子に深い関心を持ち学生時代に論文を書くほどだから、虚子は二人から老荘の無為自然の思想を聞く機会があったと思われる。虚子が老荘に関心を持っていたと思うのが自然である。小諸疎開から戻り、「極楽の文学」という救済の文学観を立て無我無心になっていた。芸術における極楽という考えも、荘子の説く「至楽」「天楽」の思想と矛盾しない。俳諧が老後の「御楽しみ」と遺言した芭蕉の考えにも通う。極楽・浄土というのは大乗仏教では死後のあの世の世界であるが、虚子のいう極楽はこの世の花鳥諷詠の世界の浄土であった。

虚子が詠む「壺中の天地」「造化」「無為」「乾坤」「虚空」という句が、すべて老子・荘子の言葉であることは、今までの虚子論では誰も語ってこなかったようだ。俳句の評論を書く人は、老荘思想にほとんど関心がない人が多い。虚子の俳句の言葉と思想精神を冷静に見れば、虚子が老荘の書物を読み、その世界に深い関心を持っていたことが証明できる。老荘思想といっても難解な思想ではなく、あくまで無為自然の考えである。人為をなくし、人工的・前衛的な技巧をなくし、自然のままに俳句を作る立場が虚子のいう写生であり花鳥諷詠であった。

高浜年尾は『父虚子とともに』で、亡骸を前に「父の魂はそのあたりに私達を見守ってくれているように思われた」という。親の魂は客観的写生では見えないものである。魂の存在は心でしかわからない。年尾も虚子の主観性を継承していたという証である。魂の存在を説くもっとも古い思想は、仏教や儒教ではなく、荘子の思想である。キリスト教の聖書に書かれている人間の魂はゴッドの作ったものであるが、荘子のいう魂は万物平等で個人の自由意志を持った精神である。

虚子は人には客観写生を奨め、自らの秀句では無為自然の主観・直観的世界を詠んでいたのである。生命や死というものは、客観的には絶対的に語れない、句に詠めない、理性を超えたものである。

飯田蛇笏

誰彼もあらず一天自尊の秋

誰彼もあらず一天自尊の秋

飯田蛇笏は明治十八年（一八八五）山梨県に生まれ、昭和三十七年（一九六二）七十七歳で没した。二十歳の時「ホトトギス」に俳句が掲載され、三十二歳の時「雲母」の主宰となった。忌日は十月三日。笛吹市の生家墓地に眠る。

引用句は遺句集『椿花集』巻末の句である。人生最期の句というよりも、蛇笏の生涯を貫いた強い意志が出ている。他人の評価を気にせず、天のもとで自らの俳句精神を尊く思う一生であった。

飯田龍太はこの句を、「季節はいままさしく秋爽。たまたまこの世にえにしありしともがらよ、ひとの生死のはかなさよりも、おのがじし尊ぶべきものは何であったか、それをこそ互いに求めようではないか」（『遠い日のこと』）と解釈している。「自尊」というのは、辞書ではうぬぼれとあるが、自分を尊ぶというよりも自分が尊ぶものと龍太は解釈している。父・蛇笏をよく知る龍太の解釈を超えることはできない。蛇笏の死は安らかな永眠であり、親族・門下の六十人余の多くの人に囲まれて亡くなり、さながら釈迦の涅槃図のようだったという。

蛇笏は芭蕉の辞世句への考えを早くから気にかけていた。大正五年発表の評論「俳句と宗教味の問題其の他」では、芭蕉の「きのふの発句は今日の辞世、今日の発句はあすの辞世」の言葉を引用して、芭蕉を俳聖となし詩神とたたえてきたことにふさわしい言葉と述べる。

芭蕉を俳聖とし霊神と祀ることを非難する人は少なくないが、さすがに蛇笏の批評眼は優れている。今日の俳句は明日の辞世という芭蕉の言葉を正しく理解することによって、芭蕉を俳諧の霊神と祀るにふさわしいと洞察した俳人批評家は蛇笏以外に見ない。角川源義が優れた俳人を顕彰するにあたり蛇笏の名前を冠したのは慧眼であった。

『龍太語る』の「死後の『いのち』」という文章の中で、芭蕉から蛇笏を含めて明治までの俳人は「死んでから自分は生きる」という死後の「いのち」を信じていたが、明治以後の人には「死んでしまえばすべてがそれで終わり」という考え方が強いといい、蛇笏は芭蕉の俳句を尊敬するというよりも芭蕉の精神を尊敬していたという。芭蕉の精神は荘子の思想に依拠する。芭蕉が荘子を神のように尊敬していたことは、芭蕉論において無視されてきたようだ。

龍太の文章からは、死後の命を信じることと、死んでしまえばそれで終わりということの違いが具体的に何を表すのかは明瞭ではないが、死後の霊的な精神、詩歌俳句にこもる言葉の霊の存在を信じていたということであろう。生命の根源としての霊魂存在の思想が明瞭に文献で書き残されたのは、禅を含む釈迦仏教・大乗仏教ではなく荘子的な精神である。「魂」「霊」という漢字が含む東洋数千年の思想が、漢字・漢籍を通じて東洋に広まったと思われる。インドに発生した釈迦仏教は、ヒンズー教的な神や霊魂の存在を否定していた。

蛇笏の句の死生観を見てみたい。

いのちつきて薬香さむくはなれけり

命終ふものに詩もなく冬来る

秋風やいのちうつろふ心電図

露の秋いのちもろきは老のみか

「命」が詠まれた句である。

蛇笏は命をどのように見ていたのであろうか。

一句目、五十八歳の句では、父の死に出会い、亡骸にまつわっていた薬臭が遺体から消えていることを、感情を入れず事実だけを伝える。生きているということは飲んだ薬の臭いが体外に放たれることであり、死ねば体は薬の臭いを外には出せなくなることに気づいている。

命とは気であることが詠まれる。「気」という言葉もまた、荘子が生命観として説いた精神思想である。元の気、「元気」という言葉は、今も漢字文化圏では病気でないという命の健康の意味で使われている。

二句目、六十九歳の時には自らの命の終わりを感じるが詩的な感情はなく、ただ冬の到来を思う。冬が人生の終わりを象徴している。

三句目、七十二歳の頃、脳貧血と高血圧を発症し、心電図の検査を受けた。心電図の針の揺れが生命の揺れを表し、秋の風が人生と生命の移ろいを表している。医学的な装置と生命の関係を詩歌俳句に表現したさきがけであろう。

四句目、同じ七十二歳の頃、命のはかなさは老いだけではないとも思う様子である。三人の子を亡くした思いが「露の秋」に象徴されている。

夏真昼死は半眼に人をみる
夏月黄に昇天したる吾子の魂
逝くものは逝き冬空のます鏡

五十六歳の時、死期が迫った二十八歳の次男の病室の情景を詠み、子はかすかに「さようなら」と告げたと蛇笏は伝えている。「半眼」という言葉を、歌人の河野裕子は「不気味で恐しい」と読み取ったが、むしろ死の前の眼の力のなさであろう。逆縁の悲しみを詠み「わが亡子数馬の霊にさゝぐ」と前書にある。

二句目において、次男の魂は、死後に消滅したのではなく天に昇ったことを詠む。魂が死後天に昇るというのは、東洋では仏教でなく荘子の道家思想や道教の思想に見られる。

三句目は六十八歳の句であり、三人の子を亡くした思いが表れている。人の命のはかなさを無為自然の中で諦めている思いである。

　夏雲むるるこの峡中に死ぬるかな
　向日葵や炎夏死おもふいさぎよし

一句目、五十四歳の句では、夏雲が群がり「嗚呼(ああ)ここで、この峡中のふるさとで結局死ぬのか」と自註にいう。甲府で命を終えることへのあきらめられない思いである。

二句目、七十歳の時には、あきらめをこえて、自らの死を「いさぎよし」と思っていた。

たましひのたとへば秋のほたるかな　蛇笏

おっかさんは、今は蛍になっている　小林秀雄

おぼえぬをたがたましひの来たるらむと思へばのきに蛍とびかふ　西行

昭和二年、蛇笏が四十二歳の時に、芥川龍之介が自殺した時の追悼句である。秋の蛍の光に龍之介の魂を見ている。和泉式部や西行が蛍に魂を見たように、日本の詩歌文学を流れる蛍の光の系譜の中にある。

二句目は小林秀雄がベルグソン論の冒頭に書いた文章で、母が亡くなった時の経験を書いたものである。小林の一生を貫いた文学思想がこの文に結晶する。月の光や桜の花や蛍の光に感動する時には、人は霊的なものを感じていると小林はいう。伝統的な美意識の中には霊性の意識が含まれているという小林秀雄の芸術観・文学観である。

現在の詩歌俳句は伝統性をなくしつつある。日本文学の伝統性とは霊性を背景に持つ美意識である。

蛇笏は「霊的に表現されんとする俳句」と題する論文を書き、霊的な俳句とは、「高踏的俳句」であり「永遠に至上の輝き」を持ち、「高遠にして偉大なる芸術的世界」を作るという。

「俳句は宗教的色彩を帯ぶることによつて他の文学よりも有力であり得るのである」という虚子の文に、蛇笏は「大正に於ける俳句界唯一の羅針盤」と俳句の本質を見た。虚子のいった伝統とは有季定型だけでなく、内容において蛍の光を魂と感じる詩的霊的伝統を含んでいることは過去の虚子論や蛇笏論においてほとんど論じられてこなかった。

俳句は写生である、という考えがあまりにもはびこっているために、俳句における老荘的な、あるいは道教神道的な霊性や生命性の考えが無視されてきたようだ。釈迦仏教は神や魂の存在を語らず、儒教もまた神や霊の存在を語らなかった。キリスト教では、人間以外に魂はなく、その魂も神の支配下にあった。荘子のみが宇宙造化の万物に生命の根源の魂・道があるとした。蛍と人間に共通して魂があるというのは記紀万葉、西行、芭蕉、子規、虚子、蛇笏の詩歌の歴史を流れる文学精神である。

山の春神々雲を白うしぬ
年新た嶺々山々に神おはす
ゆく水に紅葉をいそぐ山祠（やまほこら）

一句目の四十九歳の句では、神々が雲を白くさせていると詠み、自然の奥の造化の神を感じている。二句目の五十五歳の句でも、山々の神が存在していることを思う。虚子の〈神にませばまこと美はし那智の滝〉の精神を継承している。

三句目、七十七歳の死の直前の床の中で、住居の裏を流れる狐川の「ゆく水」と、裏山にある祠を思い、川と紅葉と神を思っていた。かの世に「逝く」とも読みえる。「紅葉」には黄泉を感じる。日常の生活とともにあった「山祠」は神々を祀る祠であった。この世の自然に無為自然の造化神を感じる俳人であった。

武者小路実篤――死ぬ時は／静かに死のう

そして死ぬ時は
静かに死のう
それが僕にゆるされた
運命と思う

武者小路実篤は明治十八年（一八八五）東京に生まれ、昭和五十一年（一九七六）九十歳で没した。小説家・詩人・画家であった。俳人の飯田蛇笏と同じ生年である。

長寿であった文学者の辞世と死生観を知りたいが、引用の詩は死の半年前の作である。

実篤は人生を通じてほとんど変わらない死生観・人生観を持っていたため、特に辞世としての特徴的な言葉は全集には見つからない。実篤全集の一冊を占めている多くの詩を読む限り、死の直前まで楽観的であり、与えられた運命に忠実で生命を賛美し続けた文学者であった。

批評の神様と呼ばれた小林秀雄は、『小林秀雄全作品』（巻二十五）の中で実篤について的確に批評している。

「詩、小説、感想、その何れをとっても、平易で、率直で、何の渋滞もない」といい、「武者小路氏の作品を正しく評価する事は、容易に見えて実に難かしい。極く普通の意味で、自己に正直になる事が、今日、物を書いたり読んだりしている人々には実にむつかしい事になっているからである」という。一方、実篤は八十二歳の時に「小林君と鉄斎」という文の中で「小林の感じ方の深さと、純さに感心し信頼出来、参考にする事が出来る。全部同感な時の方が多いのも事実だが」と褒めている。

実篤は三十三歳の時に宮崎県に「新しき村」を建設し、四十歳の時に新しき村を離れたあと、志賀直哉がいた奈良で一年暮らし、四十一歳の時に和歌山市の和歌浦に住んだ。その頃学生であった二十四歳の小林は直哉論の原稿を実篤に送り掲載を依頼していた。十七歳の年齢差がある小林と実篤には通うところがあったように思えるが、二人の関係について語られた評論は見当たらない。晩年は文壇で原稿料が最も高い文学者であったという小林秀雄も、若い頃は原稿を先輩に送って掲載を頼むという努力をしていたことは興味深い。

小林の志賀直哉論、絵画論、トルストイ論には実篤の影響がある。

実篤五十一歳の時の詩「批評家の軽蔑」では、〈自分は批評家に／軽蔑されることを恐れる。

／又軽蔑されないことを恐れる。〉と詠んでいる。有名になっても批評家に非難されることは嫌であるが、無視されるのも嫌だと思っていたことは、批評など気にしていなかったような実篤にしては興味深い発言である。

志賀直哉と学習院で同級であった実篤は、二十五歳の時に直哉と雑誌「白樺」を出し、漱石作『それから』の批評文が漱石の目に留まり、朝日新聞に書き、原稿料を初めてもらったという。実篤は漱石に認められ、小林は実篤に認められ、原稿を公に書き始めたことは、興味深い縁と運である。文壇で認められることには、人と人の偶然の縁が大きく左右しているようだ。

文学における受賞というのも、受賞作品が優れているという前に、選者・選考委員が主観的に作品を評価したという運と縁に基づいていることが多い。誰が評価されたかということばかりスポットライトが浴びるが、誰がどういう理由で選んだのかという点がまったく軽視されている。

実篤は戦争中に書いた『大東亜戦争私感』で戦争を肯定したため、戦後六十一歳の時に公職追放となった。「大東亜戦争第二年の春を迎へて」という詩では、〈勝て、勝て、勝て、何処までも勝て〉〈米英は東亜から手をひき〉と詠んでいた。

小林は公職追放にはならなかったが、戦後の座談会で「僕は歴史の必然性というものをもっと恐しいものと考えている。僕は無智だから反省なぞしない。利巧な奴はたんと反省してみるがいいじゃないか」と発言したことは、実篤の「私は人間」という詩の中の〈草や木は生れたことを後悔しない／虫や鳥や獣も後悔なんかしない／人間だけが後悔しなければ／ならないと言うことはない〉という立場に近いであろう。

戦争中は何もしないし、戦争に反対すらしなかった人が、戦後に、他の文学者を戦争犯罪人として弾劾するのは卑怯である。平和な時代、何を言っても安全な時代に、他人の戦争責任をあげつらうことは卑怯である。そういう人は戦争が始まればまた黙って何も言わなくなるであろう。

他人の批判ばかりすると同時に、文壇政治的な自己弁護ばかりをする人は現在にも見られるが、偽善者でないか。国民はほとんど戦争反対であって、戦争賛成の人は極めて少数であろう。誰も戦場には行きたくない。殺すことや、殺される危険がある戦場を好きな人はいない。国民全員が戦争反対であっても、戦争は起こりえる。

戦争責任は政治家・官僚・軍人にあり、文学者にはない。国民に、政治・外交上の意思決定の詳細なプロセスが伝えられないのは、現在の平和な時代でも同じである。ジャーナリストも表面的な記事しか書けない。戦争責任は勝った国が負けた国を裁く時に生じるものである。戦後の裁判は勝利国が行う。明治時代から昭和時代まで日本は戦争ばかりしていた。戦争は外国との外交関係によって起こる。戦争は複雑な歴史上の外交関係によって、国民の想定外の理由で勃発する。歴史を学べば学ぶほど、戦争を中止させることの難しさを知る。

「この大戦争は一部の人たちの無智と野心とから起こったか、それさえなければ、起こらなかったか。どうも僕にはそんなお目出度い歴史観は持てないよ。僕は歴史の必然性というものをもっと恐ろしいものと考えている」と、小林秀雄はいった。歴史には歴史の必然性があって、もし何々していればある事件は起こらなかったという批判は、戦後の反省において何の効果ももたらさない。何をしたら、あるいは何をしなかったら太平洋戦争は起こらなかったのか、分析できる歴史学者はいない。明治から昭和の政治の全過程を批判することになってしまうからであろう。歴史に関与できなかった人には歴史を批判することは困難である。

戦争反対をいうことはやさしいが、戦争を本当に止めるために文学者が何をなすべきかを具体的に指摘することは難しい。戦争反対をいうことは誰にでもできる。外交的話し合いによって戦争を避けるべきだというのもやさしい。銃やミサイルを持って戦争をしている人々を前に戦争を止めさせることは、文学とりわけ詩歌文学の管理外ではないか。戦争論は、文学的感情論ではなく、政治論で現実的に論じられる風土が必要である。

小林は徹底的に歴史を研究した文学者であろう。実篤の具体的な戦争観はわからないが、反省とか後悔という行為の無意味さを知っていたように思われる。

実篤は昭和二十六年、六十六歳の時に、文化勲章を受章している。小林は六十五歳の時に批評活動だけで文化勲章を受章した。比較的若い年齢での二人の受章は、年齢や時代に左右されず一貫して肯定的な人生観・文学観を持っていたからであろう。

昭和二十年六十歳の時、実篤は「神とは何ぞや」という詩の中で、〈神とは何ぞや／宇宙をつらぬく精神／人類をつらぬく精神／自己のうちにある／最も純粋な精神／それは永遠のものに結びつき、／永遠に生きるもの〉と詠んだ。

また同じ歳の「神なしには」という詩では〈俺は女なしに生きられても／神なしには生きられない／神は生命だ／よろこびだ／よりどころだ／俺の骨だ〉と詠んでいた。〈宗教心は本能である〉という実篤の詩の一節もまた小林の「(人類は)肝臓という器官をどう仕様もなく持っているように、宗教という器官を持っている」という宗教観に近い。

実篤の「死に神が」という詩では、〈死に神があらはれたら／南無阿弥陀仏／生きるも死ぬも／あなたまかせ／生かしてくれたら／生きるだけ生きる／死んだら／それで往生で、大安眠〉と詠む。

実篤は特定の宗教を信じていなかったが、自ら信じる神や仏の存在を疑っていなかった。実篤にとっての神仏は、この世の神秘・不思議さと美であった。

「不思議さよ」という詩では、〈不思議さよ。／何物も見れば見る程／不思議さよ〉〈君達にはわかるか／このものが何故に存在するか〉〈なぜ美しいものを見ると／人間は喜ぶのか／それを君は不思議とは言はないか〉と率直に詠んでいる。

七十七歳の時の詩「喜寿を迎えるに際して」では、〈私はいつまで生きられるか知らないが／生きている限り、自分の本心が喜ぶ仕事をし／皆に喜んでもらえる仕事をしたいと思う。〉と詠み、「私の画が売れた」という詩では、〈私の画が売れた／私の画が売れた／私の画を買つてゆく人があつた〉〈私は自分を画家だと思つてゐるのだと思つている。〉と絵画に表現の喜びを感じていた。

「私も既に八十五」という詩では、〈まだ若くって／そうすぐには死にそうもない〉と詠み、「老人の楽しみだ」という詩では〈僕は他人の為に画をかくのではない／かく事が益々嬉しい画だ／それがかきたい／そうだそれがかきたいのが老人の楽しみだ〉と詠み、芭蕉が死の直前に、「老後の御楽しみ」は俳諧だと門人に書いていたことを連想する。

没する前年に、冒頭に引用した詩の中で、〈生きられるだけ生きて／早く死にたいとも思わない〉と詠み、「わたしは生きている」という詩では、〈自分で自分をごまかして／生きてみたいとは思わない〉と詠む。

「人間に生れた事」という詩では、〈私は段々齢をとる／私の足は弱くなる／死に近づく事を感じているが／自分は死ぬ事をあまり／恐ろしくはなくなっている〉と詠む。

自らの死生観を死の直前まで肯定的に詩に表現していた。

日本では、人や社会を批判する人が偉い人であるかのように思われるが、批判的な人は否定的で肯定的ではない。文学においても、批判し非難することはやさしい。ネットにおいても多くは非難・批判である。肯定的で建設的な意見を述べることができる文学者は少ない。小林秀雄は批評とは褒めることであるという。正当に褒めることほど難しいことはない。

「平易で、率直」な「武者小路氏の作品を正しく評価する事は、容易に見えて実に難かしい」と洞察した小林秀雄の実篤論は今の世にも通じる。

杉田久女

――鳥雲にわれは明日たつ筑紫かな

鳥雲にわれは明日たつ筑紫かな
蒸し寿司のたのしきまどゐ始まれり

杉田久女は明治二十三年（一八九〇）鹿児島県に生まれ、昭和二十一年（一九四六）五十五歳で没した。忌日は一月二十一日。愛知県豊田市の杉田家墓所に眠る。父の出身地である長野県松本に分骨されている。

没後、長女・昌子が昭和二十七年に『杉田久女句集』を出版し、高浜虚子が序を寄せている。二十六歳の時に次兄から俳句の手ほどきを受け、二十七歳の時に「ホトトギス」に投句し、虚子に会った。四十六歳の時に、「日野草城、吉岡禅寺洞、杉田久女三君を削除」と「ホトトギス」から除名を告げられ久女の俳句人生に変化が生じたことは、多くの人に語られてきた。

引用一句目は句集最後に置かれていて、死の四年前、五十一歳の句である。二句目は最後から二句目にある。「昭和十七年光子結婚式に上京　三句」と前書にある三句のうちの二句を引用した。しかし、光子の結婚式とこの三句の詠まれた時期は昭和十七年ではなく、句集は誤って編纂された可能性が高いとされている。編集者は、句集最後の句を楽しい思い出の句としたかったようだ。結婚式の後、久女は筑紫に戻ったが、「鳥雲に」の句のイメージは鳥が雲の中に入り、そのままこの世には帰ってこなかった様子を思わせる。

元気な様子であった五十一歳の句が句集最後の句だから、生死にまつわる句は少ない。もともと自らの境涯をあまり詠まない句風であった。五十四歳の時には「俳句より人間です」「昌子と光子の母として死んでゆこうと思う」と長女に告げていた。昭和二十年、五十五歳の時に筑紫保養院に入院し、三か月後に腎臓病が悪化して没した。

昌子と会って「句集を出せる機会があったら、死んだ後でもいいから忘れないでほしい」と話し、別れてから、十八か月後に没している。精神的な病が突然起こりそれが原因で亡くなったと考えるよりも、身体的な腎臓病によって死去したと考える方が合理的であろう。精神的な病であったなら、むしろもっと長生きをしていたであろう。

病み痩せて帯の重さよ秋袷

退院の足袋の白さよ秋袷

菊もわれも生きえて尊と日の恵み
山茶花や病みつゝ思ふ金のこと

久女が生について詠んだ句は自らの病気から回復した時である。三十歳の時、父の納骨に行った折、腎臓病を発病し、東京の実家に帰り入院治療した。退院帰宅した後の自らの姿を詠んでいる。帯の重さ、足袋の白さが、病の身にこたえた様子を暗示する。菊も自らも日の恵みで生きえていると思っていた。日光を尊いと率直に思う。病みながら経済的にも苦労していた様子である。

銀河濃し救ひ得たりし子の命
北斗凍てたり祈りつ急ぐ薬取り

命そのものを詠んだ句は少ない。
長女の病気と回復を詠んだ句では、子供の命を思い、命の無事を祈る姿が詠まれる。北斗を見て星に祈る姿のようである。星を神と思う道教的な思いが込められている。

張りとほす女の意地や藍ゆかた
たてとほす男嫌ひの単帯
虚子ぎらひかな女嫌ひのひとへ帯
押しとほす俳句嫌ひの青田風

四十六歳の時に「ホトトギス」を除名されたが、これらはその翌年四十七歳の時の句である。一、二句目は虚子選の句集に入っているが、三、四句目はさすがに句集には入らず「補遺」として全集に掲載された。「女の意地」「男嫌ひ」の言葉には暗に「虚子ぎらひ」「俳句嫌ひ」の意味が込められていたようだ。虚子嫌いといっても愛憎の複雑な思いである。この後、生きる張り合いを失ったという手紙を長女に出している。「久女は気の毒なことでした。が、あの場合どうにもしやうがなかつたのです」と、橋本多佳子が鎌倉の虚子庵を訪問した時の虚子の言葉を残している（『橋本多佳子全集　第二巻』）。

あらゆる歴史とは、「どうにもしようがない」ことの必然的な連続であり、事件の本質的な理由は藪の中である。虚子と久女の思いを正確に知ることはできない。二人にしかわからない二人の思いがあり、後世の批評家にはわからない二人の感情のもつれがあったと思うほかはない。何か具体的な理由を述べる評論家がいるが、その理由がなかったとしたら虚子との事件が起こっていなかったかを考えると、具体的な事件を挙げることは困難となる。

後世の人が背景を調査して考えたもっともらしい合理的な理由では二人の本質を語れない。やや執拗に虚子を思う久女の情念を虚子は避けたのであろう。最近は一方的に久女を援護し、虚子を非難する久女論が多いが、虚子の気持ちを公平に思う書き手は少ない。二人の問題は二人だけしかわからない感情の問題である。何か合理的な理由は、本当の感情の問題には触れることができない。離婚の理由に似ているであろう。何か合理的な理由で離婚するのではなく、二人にしかわからない感情のもつれによって人は別れるのではないか。久女が本当に感じていた虚子への気持ちも、虚子が感じていた久女への本当の気持ちも、後世の人には知ることができない。人の運命・人生というのは合理的な評論では語れない要素を持っている。

久女については、久女の秀句の秘密を論じよう。

久女の俳句の良さを高く評価したのは虚子であったことを、虚子を非難する評論家は忘れている。

久女が書いた「花衣」創刊の辞「久女よ。自らの足もとをたゞ一心に耕せ。茨の道を歩め。貧しくとも魂に宝玉をちりばめよ」は、自らの「茨の道」を予見していたようだ。俳句が「魂」の中にちりばめられた「宝玉」だという言葉は美しい。

谺（こだま）して山ほととぎすほしいまゝ

美しき神蛇見えたり草の花

疑ふな神の真榊風薫る

山ほととぎすの句は、久女四十一歳の時の句であり、「ほしいまゝ」の言葉は、神社にお参りした帰りに白い蛇を見て霊感で得たというから、写実ではなく天から降りた霊感であった。久女は「山の精の声」と、ほととぎすの声について書いている。久女の言葉の使い方は俳句史において天才的である。「私生活から遠ざかり、自然の中にある神霊的なものに憧憬をつづけた一種のシャーマニズム（呪術主義）に近づいた心理状態とでも云うのであろうか」「邪馬台国であった太古の筑紫時代のシャーマンの巫女が、朗々と神殿で誦しているかのような俳句」と評価・洞察した平畑静塔は、精神病の専門家の観点から久女の誤解された人生を正そうと努力した。

久女の句風は『万葉集』の額田王や、平安時代の式子内親王の歌を連想させる。

久女のほととぎすは、〈待ち待ちてきくかとすればほととぎす声も姿も雲に消えぬる〉〈ほととぎすそのかみやまの旅枕ほの語らひし空ぞ忘れぬ〉という式子の絶唱のほととぎす、〈いにしへに恋ふらむ鳥はほととぎすけだしや鳴きし吾が思へるごと〉という額田王の絶唱のほととぎすに通う。

久女の句は写生・写実ではない。父の故郷である信濃の山について、「山を包む霊ある雲のたたずまひ」「山の神秘に抱かれて永遠の死の眠りを得たいのだ」という。霊的で神的なものを感じる心を持っていたから、俳句においても歴史に残る秀句を残すことができた。

久女の文章「夜あけ前に書きし手紙」には、「深い魂の寂しみ」「底深い魂の孤独」「深い魂の感銘を基礎としたまことの写生をして見たうございます」と書かれていた。深い魂の感銘がまことの写生であったから、魂の感動のない月並み写生はありえなかった。

久女は体の病気で没したが、久女の霊感に満ちた句は、理解する読者が存在する限り滅びない。

水原秋桜子——紫陽花や水辺の夕餉早きかな

紫陽花や水辺の夕餉早きかな

この句は秋桜子が八十八歳、死の一か月前の句であり、遺句集『うたげ』の最後の句である。辞世や最期の句とは思えない風景である。秋桜子は生死に直接関係することをほとんど詠まず、最期の句においても「きれい寂び」の気品のある句を詠んでいた。水辺に咲く紫陽花の花のまわりにあり、夕餉の早い家々の風景こそが、秋桜子の最期の美の世界であった。

水原秋桜子は明治二十五年（一八九二）東京に生まれ、昭和五十六年（一九八一）八十八歳で没した。忌日は七月十七日。豊島区駒込の染井霊園に眠る。

秋桜子は評論「自然の真と文芸上の真」を書き、虚子の唱えた客観写生の路線に逆らい、「ホトトギス」を離れ「馬酔木」を創刊した。七十二歳で日本藝術院賞を受賞、七十四歳で日本藝術院会員となった。

牡蠣うまし死とのたたかひすぎければ

消ゆる灯の命を惜しみ牡蠣を食ふ

八十七歳、死の前年に詠まれた二句である。

病気を死との闘いと詠み、回復した後に牡蠣をおいしそうに食べていた。しかし、命を「消ゆる灯」と詠み、まもなく消えてゆく命を直感していた。

救急車曲るやのぞく居(ゐ)待(まち)月

点(てん)滴(てき)の除(と)れし夜長の足やすし

餘生なほなすことあらむ冬苺

老ふたり病むを見たまふ雛のあり

句集『餘生』に見る八十歳から八十一歳の句である。

救急車で運ばれて入院した時の様子を詠む。「巻末に」で、秋桜子は、「生来健康な体質」に恵まれて何の病によって死ぬだろうかと考えても、その病を想像はできないといい、その後に息切れを覚え、死ぬのは狭心症と決めていたと述べる。

「餘生なほなすことあらむ」というのは、自身をあまり詠まなかった秋桜子にしては、深い感慨の言葉である。死の七年前の思いである。

自ら老いを感じるという句は詠まず、雛が老いた自らを見ているという句は客観的な詠み方である。秋桜子は虚子の客観写生の路線に反旗を翻したとされているが、俳句作品を具体的に比較すれば、むしろ秋桜子の方が客観的で写実的な句が多い。

虚子への反発は、むしろ二人の性格の違いからくる感情のもつれではなかったかと思われる。虚子と久女の関係とよく似たものが、虚子と秋桜子との間にあったのではないか。具体的で合理的な関係ではなくて、他人にはわからない関係が二人の仲を裂いたように思われる。

めづらしき眉ぞと老をうやまはる
老いぬれば枕は低し宝舟
雑炊や老の風邪には薬なき
耳老いて閻魔こほろぎを友とせり

八十二歳から八十六歳の間に詠まれ、老いを意識した句である。老いを詠んでも、老いをあわれむ心は見せない。「めづらしき眉」と老いの品を見せている。耳は老いてもいまだ閻魔こおろぎを友とする。小さい生き物の命に共感していた。こおろぎを友とする精神には、万物平等の思想を持ち、動植物と人間の生命との同質性を説いた荘子と同じ精神が見られる。

七福神めぐり了んぬ日和得て
雷嫌ひ宗達の絵も祓ひけり
香焚くや四万六千日の念持仏

八十二歳から八十六歳の間に詠まれた神仏に関係する句である。

八十二歳の頃には七福神をめぐる気力はあったようである。二句目は、雷が嫌いだから宗達の雷神図をお祓いしたという面白い発想の句である。

三句目には、「我家の念持仏も聖観音なれば」との前書がある。浅草寺の本尊・観世音菩薩の縁日のうち、毎年七月九、十日に参詣すると四万六千日参詣と同じ功徳があるとされている。医者であったからといって科学的合理性だけを持っていたのではなく、七福神や雷神や観音信仰に関心があったようだ。

浄土なる薔薇のあるじとなりたまふ

牡丹浄土舞ふ蝶のみを許しけり

好晴の九品浄土も菊に満つ

うつし世に浄土の椿咲くすがた

朝霧浄土夕霧浄土葛咲ける

秋桜子の句には一生を通じて浄土という言葉が少なからず見られる。最初の二句は八十歳以後の句である。一句目は「悼片桐保氏」とあり追悼句であるが、亡くなった後には、魂は薔薇浄土に留まると思っていた。二句目は牡丹苑に行った時の句であり、蝶々だけが花と直接遊ぶことが許されているという風景である。花が好きだったから、薔薇浄土や牡丹浄土と詠み、花の世を浄土と思っていた。あの世ではなく、この世を浄土と思う心を詠む俳人は今日も少なからずいるが、秋桜子の影響を受けているようだ。

秋桜子にとっての浄土とは、浄土系仏教のいう死後の観念的な浄土ではなく、この世の美しい自然が存在する世界であった。俳句作品に見る限り、秋桜子はあくまでも美意識に留まり、宗教的な世界に深入りはしなかったように思われる。虚子のほうがむしろ宗教的であった。

美そのものが神仏であり、形而上的な世界でない。釈迦の原始仏教はもともと、美しい寺・仏像・経とは無縁であり、神的なものや霊的なものを語らなかった。東洋、特に日本の大乗仏教には美意識があり、その美意識を持った宗教性が秋桜子に流れているが、信仰としての大乗仏教ではなく、あくまでも美しい自然とともにあるという無為自然の世界が浄土であった。日本人にとって大乗仏教は、思想の中味に関心があって信じるのではなく、建物、建物の背景としての自然、庭や絵画の、美術的なムードによって関心の対象となり、信じられている。

吹きおろす神の紅葉や貴船川（きふねがは）
水無月（みなづき）の落葉とどめず神います

これらの句には晩年の秋桜子の神への思いが表れている。

七十一歳の頃には貴船神社を訪れて、貴船神社の神によって吹きおろされた紅葉が貴船川に散る様子が詠まれている。神は天上にあるのではなく、紅葉を吹きおろす具体的な行動を起こす神であった。天上の奥に存在するという神ではなく、自然そのものが神であるという、荘子のいう造化神の世界であった。

八十歳の頃には、浜松の井伊之谷宮での祭神を詠んでいる。和歌風の調べを持った美しい句である。「神います」は、高浜虚子の〈神にませばまこと美はし那智の滝〉の「神にませば」の思いに通う。一生の俳句作品だけ見れば、虚子と秋桜子の間に俳句観の著しい違いは見られない。

鶴とほく翔けて返らず冬椿
波郷忌や白鳳仏の厨子かがよひ
にくからぬ深大寺蕎麦や初詣
髪に触れ波郷深大寺の破魔矢あり

七十七歳から死の前年、八十七歳の間の句である。石田波郷を深く思う句が少なくない。鶴を波郷の魂と思い、魂はもう還らないと思っていた。白鳳仏は深大寺にある釈迦如来像である。深大寺には波郷の墓がある。秋桜子は深大寺で初詣と墓参りを兼ねていたようだ。秋桜子は波郷が東京に出てきた時に生活の面倒を見ていたほどだから、二人の師弟の情は深い。現在の俳壇にあまり見られない師弟関係であろう。
亡き人を思う時には亡き人の魂がやってきているのである。墓参りをすることは、生前に深い精神的関係にあった人の魂を感じる行為である。亡き人の鎮魂であり、自らの心の鎮めでもある。鎮魂の働きが詩歌俳句の心を生む。

滝落ちて群青世界とどろけり

冬菊のまとふはおのがひかりのみ

秋桜子自ら一番好きな句は「滝落ちて」の句であり、波郷が一番好きなのは「冬菊の」の句であった。この二句に秋桜子の美の世界が結晶している。現在の写生俳句は秋桜子の美意識を失ったようだ。詩歌文学の批評において、作品が写生かどうかという判断をする必要はまったくない。

写生の定義をはっきりしないで、写生句だから句が良いとか、写生句でないから良くない句といった評価・判断をする俳人を見かけるが、間違った意見であろう。

群青世界といえば秋桜子の滝の句であり、ひかりをまとう冬菊といえば秋桜子の句だというような秀句を詠むことができるかどうかが、俳句作品の表現史において大切なことであろう。

川端茅舎——朴散華即ちしれぬ行方かな

朴散華即ちしれぬ行方かな
我が魂のごとく朴咲き病よし
石枕してわれ蟬か泣き時雨
青き踏む今日この国土忘れめや
朴の花猶青雲の志

『定本川端茅舎句集』の最後に並ぶ句である。辞世として意識していたかはわからないが、読者にはすべて辞世の句のように思われる。

高浜虚子は「聖者の如き感じの句」「朴散華仏」と批評している。

現実の朴の花は散華せず、花びらは散らずに開閉を繰り返して朽ちるから、朴散華とは茅舎の心象風景による造語だと大野林火はいう。歳時記にも朴の花は散華すると多くあるが、それは間違いであると林火は指摘する。詩的な秀句はリアリズムに依拠しているわけではない。朴とは茅舎の句魂の中で散華した白い花の姿であった。散華したのは茅舎の命である。

「我が魂のごとく」と詠んでいるのであるから、「行方」とは魂の行方であり、知れぬ行方とは死後の魂の行く先がわからないということである。日本の大乗仏教とは異なり、釈迦仏教では魂の存在は無記といわれ、ヒンズー教的な魂と神々の存在を否定する。茅舎にとって朴の花が自らの魂の姿であったのは釈迦仏教的ではない。茅舎の俳句は仏教・仏と関係があるように論じられるが、本質はむしろ神的なものである。

蟬が鳴くように茅舎は自らの不幸に泣いていた。散華する前でも、青年のように「猶青雲の志」を持っていたことは悲しい人生であった。

「国土」という言葉は、正岡子規が亡くなる一年前の句に付けていた前書の「草木国土悉皆成仏」を連想させる。土にも命があるという中国の大乗仏教の言葉は、壁や瓦土にも命があると説いた荘子の思想の影響をうけた思想である。

「今日この国土」とは、今日見る自然のすべてという意味であろう。

茅舎は、絵画と俳句の材料を生んでくれた大地自然の造化に感謝していたようだ。

川端茅舎は明治三十年（一八九七）東京に生まれ、昭和十六年（一九四一）背椎カリエスと結核のため四十三歳で没した。忌日は七月十七日。神奈川県修善寺の墓に眠る。兄は文化勲章受章者の画家・川端龍子であり、茅舎は病気のために龍子の庇護を受けていた。父と兄は和歌山市に生まれている。父は多趣味の人であったという。茅舎は兄と同じく画家をめざしたが、三十二歳の時に病気のため断念した。俳句は十七歳の時に父から手ほどきを受けた。十八歳の時に「ホトトギス」に投句した。二十一歳の時には、武者小路実篤に共鳴し「新しい村」運動に参加している。

籐椅子や心は古典に眼は薔薇に
火の玉の如くに咳きて隠れ栖む
咳我をはなれて森をかけめぐる
昇天の龍の如くに咳く時に
龍の如く咳飛び去りて我悲し

茅舎は三十一歳の時に、睾丸結核で右一丸を剔出している。三十二歳の時にはカリエスによる苦痛が全身に広がっていた。三十四歳の時には入院し、退院した後は自宅でギプスとベッドの生活であった。三十七歳の頃からは病状が固定化し吟行にも出ている。死の前年には病状が悪化し呼吸困難になり、新潟に高野素十を訪ね診察を受けていた。

引用句は死の前年の時の句であり、咳に苦しんだ姿を詠む。昇天する龍のように咳をして、体全体が火の玉のようだというのは誇張ではない比喩である。
自らの苦しさを客観視して描写している。

寒の野につくしつみますおんすがた
約束の寒の土筆を煮て下さい
寒のつくしたうべて風雅菩薩かな

亡くなった年に詠んだ句とは思えないほど心が落ち着いている。土筆を摘む絵画を見ての発想のようだが、土筆を食べる姿を風雅菩薩と思っている。風雅とは芭蕉のいう俳諧であり、茅舎も俳句を風雅の道と思い、俳句道を究めることが菩薩道と思っていたようだ。大乗仏教にいうあの世の道ではなく、この世の束の間の浄土である。仏教的な宗教的世界に入っていったのではなく、この世の造化・自然と一体化することによって感じる魂の幸福を求めたのは芭蕉と同じであり、荘子に通じる詩的精神であった。造化・自然と一体になることによってこの世を浄土と思う無為自然の世界であった。

草餅のやはらかしとて涙ぐみ
お地蔵は笑み寒月の父の墓
明日は花立てますよ寒月の父よ

死の二年前、四十一歳の時に和歌山市で父の七回忌を修している。和歌山城の近くに父の墓があった。病弱のわりには、東京から和歌山まで旅をする気力はあったようだ。茅舎は病弱であったからか、父母を思う気持ちが強かった。墓参の句としての秀句である。

死相ふとつら〳〵椿手鏡に
沈丁や死相あらはれ死相きえ

これも四十一歳頃と思われるが、病気が悪化した時には死の相を感じている。「つらつら椿」は『万葉集』に見る歌の言葉である。つらつら思うという枕詞のような働きを持たせているようだ。病気の悪化は茅舎に死の思いを抱かせたようである。鏡を見るたびに、死相を感じていたようだ。

金剛の露ひとつぶや石の上

茅舎の代表句であり、俳句史上での絶唱句であり第一級の芸術である。「ホトトギス」五度目の巻頭の昭和六年三十四歳の句である。「作者全部の存在」「三千大千世界をこの一滴の露の裡にこめた如き心境」と虚子は絶賛した。虚子の批評文は優れている。虚子は、評価理由を明瞭に散文化することのできた優れた批評家であった。虚子の政治的組織力を批判する人がいるが、虚子は俳句作品を正当に評価する能力を持っていたことによって、俳人を育てることができた。

茅舎の金剛の露の句は、日本の文学史の中で最も美しい句歌の一つである。句が結晶して輝く神品であり、第一級の言葉の芸術である。茅舎の詩魂とは何か、句魂とは何かというならば、石の上の一粒の露の輝きである。

闇の中に生まれた一つの星の光が宇宙の星を生み、やがて太陽や地球が生まれ、生物が生まれたように、金剛の一粒の露の輝きが多くの俳句を生み、俳人として生きる生命の輝きを与える。露はただの小さい水の粒にすぎない。句にあるのは、ただの水と光にすぎない。水と光は生物の生命、人間の生命を成り立たせている生命の根源である。

石の上の露の輝きは、地球の上に棲む生物の生命の輝きである。桑原武夫の第二芸術論は俳句を否定した。俳人は他人の批判・非難に弱い。批評において肯定文は無視され忘れられるが、下品な非難文は永く記憶される。句品を持ち輝く金剛の露の句の前には、俳句を否定した下品な散文は色あせる。

金剛の露とは、俳句の本質そのものの結晶である。茅舎の体は滅びても、茅舎の詩魂は作品に結晶して、優れた読者と批評家が存在する限り、光り輝き続ける。優れた作品が辞世の句として残る。

橋本多佳子

雪はげし書き遺すこと何ぞ多き

雪はげし書き遺すこと何ぞ多き
雪の日の浴身一指一趾愛し
雪映えの髪梳くいのちいのりつつ

「雪はげし」の句は『橋本多佳子全句集』最後の句である。「雪の日」の句は最後から二句目、「雪映え」の句は最後から七句目にある。これら三句には辞世の思いがこもっている。

浴身の「一指一趾」を愛していた多佳子にとり入院は無念であった。五十代には心臓発作が起こり、六十代には胆嚢炎で入院をし、晩年は、癌に侵された自らの「いのち」を祈らざるをえなかった。「いのり」の「い」は「いのち」の「い」に通じる。祈りは命を祈る。

人にできることの究極は「いのり」である。優れた俳人は祈りの句を詠む。人は最後に何を思うかを率直に詠めばいい。

橋本多佳子は明治三十二年（一八九九）東京に生まれ、昭和三十八年（一九六三）に六十四歳で没した。忌日は五月二十九日。

大正十一年、二十三歳の時に、夫の橋本豊次郎が建築した小倉市の櫓山荘を訪問した虚子に会い俳句に関心を持ち、その後に杉田久女と吉岡禅寺洞から俳句の指導を受けている。二十六歳の時に「ホトトギス」「破魔弓」「天の川」に投句していた。三十六歳の時に山口誓子に師事し、四十九歳の時に誓子が創刊した「天狼」に参加し、のちに「七曜」を創刊した。

月光にもゆる送り火魂送り
おぼえなき父のみ魂もわが送る
雪の野ははるけしここに人を焼く
吹雪きて天も地もなき火の葬り

昭和十年三十六歳の時に父の魂送りを詠んだ句であり、人の死を意識した始まりであろう。誓子の指導を受け「馬酔木」同人になった年である。月光のもとの送り火と父の霊魂とが詩的に詠まれている。

月光にいのち死にゆくひとと寝る

月光は美し吾は死に侍りぬ

菊白く死の髪豊かなりかなし

三十八歳の時、夫が死去し、鎮魂の句を詠んでいる。十八歳で結婚したから、二十年暮らした後の別れであった。父の魂送りは月光の下であったが、夫の魂も美しい月光の中で詠まれる。

かぐや姫が月光の中を昇っていくように、最愛の人の魂が美しい月光の中を昇っていくような鎮魂詩である。人は身近な人の死によって詩的な思いが霊的な思いに変化する。月光が美しいのは見えない死者の魂が隠れているからであろう。月忌みのように、月を見つめてはいけないのは、人の魂が月に吸い取られるからであろう。

月光のいまも黒髪老いつつあらむ

月一輪凍湖一輪光りあふ

月祀る起きて坐りて月に照り

父と夫への鎮魂の思いが月光を浴びていたように、五十歳前後の老いの思いも月光とともにあった。二句目は諏訪湖での句である。天上と湖面の月の美しい描写であるが、多佳子の月光の句には鎮魂の思いが隠されている。死の前年六十三歳の時の月は、祀るべき対象としての神的なものであった。多佳子は六十四歳という若さで亡くなったが、月に魂が吸い取られたかのような句を多く残している。月と魂の問題は記紀万葉、西行から続く伝統性の問題である。人為的な表現技巧から月と魂の問題は語れない。詩魂の姿として月のイメージがあることが理解できなければ、多佳子の句とは無縁であろう。伝統俳句を否定する俳人がいるが、伝統とは何かをまったく考えない人である。月光と詩魂の関係が伝統の一つである。

雪はげし抱かれて息のつまりしこと
雪はげし夫(つま)の手のほか知らず死す
さびしさを日日のいのちぞ雁わたる
木犀や記憶を死まで追ひつめる

夫の死から十一年後、五十歳頃においても夫の魂を深く思っていた。雪の激しさが記憶の中の夫への思いの激しさを象徴している。俳句の思いは自然の象徴として表れる。月や雪は詩歌において、ものとしての月や雪ではない。
三、四句目も、夫の忌日に夫の魂を思っている。日々淋しいから夫の魂を思い毎日の命としていたようだ。死まで追いつめる記憶とは夫の霊魂であろう。魂は、目に見える形でこの世に現れるのではなく、記憶の中から意識の上に現れて、言葉となる。言霊が働いて秀句となる。言葉の配合という言葉遊びからは秀句・佳句は生まれない。

絶対安静雪片の軽々しさ
絶対安静降りくる雪に息あはず
生(いき)るはよし静かなる雪いそぐ雪

「心臓に突然変調覚ゆ」と前書にある。五十三歳の時である。絶対安静の状態にあり、息が自然な状態ではなかった。しかし生きていることはうれしいことだと感謝する。

死ぬ日いつか在りいま牡丹雪降る
生き堪へて身に沁むばかり藍浴衣
衣更老いまでの日の永きかな

生いつまで桜をもつて日を裹む

蝶蜂の如雪渓に死なばと思ふ

死への思いが詠まれている。

五十歳頃には、いつか死ぬ日のことをすでに思っていた。生きることは堪えることであった。五十四歳の頃には、老いるまではまだ永い年月があるとは思いつつも、命はいつまでなのかとも危惧している。毎日が辞世の句であった。

五十九歳の時に、雪渓に死にたいと思い詰めたのは、乗鞍岳に登った時に山上で台風にあったうえに心臓発作を起こしたことが理由であろう。

雪の昼ねむし神より魔に愛され

滝を神としとどろくものとし禰宜かがむ

多佳子は久女と異なり、心と魂の内部からくる神的なものを詠むことは少ないが、四十八歳頃には、「神より魔に愛され」と不思議な思いを詠んでいる。魔的なものとは西洋文学に出る悪魔的なものではなく、芭蕉のいう「風雅の魔」のようなものであろう。

「滝を神とし」の句は虚子の〈神にませばまこと美はし那智の滝〉を連想させる。

いなびかり北よりすれば北を見る

時雨星北斗七つをかぞへけり

北天の春星の粗に北斗の鉾

多佳子には北方を志向する句がある。地球に四季があるのは、地球の地軸が太陽の軸と平行でなく、北極星に向いているからである。北極星があって四季があり、俳句に季感が存在する。生物のＤＮＡの中に四季に対応するプログラムが埋め込まれている。すべての星は北極星を中心に回るから、古代中国で北極星は天皇や太一と呼ばれ、道教神道の最高の神であった。タイラーのアニミズム説によれば、古今東西の多くの詩人の北斗志向は、古代に北極星・北斗七星が神であった信仰の残存である。

三橋鷹女

秋蟬やうばすて山に姥を捨て

秋蟬やうばすて山に姥を捨て
千の虫鳴く一匹の狂ひ鳴き
穴を掘り山薯掘りよ墓を掘り

『三橋鷹女全集』の最後の章に「遺作二十三章」があり、引用句はその中の、生死にまつわる三句である。うばすて山に捨てられるのも、多くの虫が鳴く中でただ一匹だけ狂い鳴いているのも自画像である。他人とは全く異なった俳句を詠んできたことを「一匹の狂ひ鳴き」の人生と鷹女は思っていた。

墓の穴に埋められることに自らの姿を無意識に反映している。自らの最後の姿を幻想していたようだ。

白露や死んでゆく日も帯締めて

この句は、五十一歳頃の作品であり、死の二十一年前の句であるが、「死んでゆく日」という言葉があるため辞世に近い句と誤解されている。死の思いよりも、美意識の強い思いである。五十代では帯を締めるかどうか考えていたが、七十歳を越えて、亡くなる直前では、自らの墓の穴が掘られる姿を想像していた。他人に見られることを意識して「帯」を締める姿を想像した鷹女は、死の直前には、死の姿そのものを直視するようになっていた。

鞦韆は漕ぐべし愛は奪ふべし
この樹登らば鬼女となるべし夕紅葉

三橋鷹女は明治三十二年（一八九九）千葉県に生まれ、昭和四十七年（一九七二）七十二歳で没した。成田市白髪庵の墓地に眠る。忌日は四月七日。十六歳の頃から次兄の影響で短歌を作っていたが、二十六歳の頃には俳句に転向し、多くの俳句誌を経て作句した。後世に残る秀句を多く詠んだ。

句集『羊歯地獄』の自序の言葉が興味深い。

「一句を書くことは　一片の鱗の剥脱である」と四十代に入って初めて知ったという。「剥脱した鱗の跡が　新しい鱗の芽生えによつて補はれてゐる事」を五十の坂を登りながら気づいたという。

六十歳に及んでは「失せた鱗の跡はもはや永遠に赤禿の儘である」といい、「一片の鱗の剥脱は　生きてゐることの証だと思ふ」という。

人生の経過とともに何かを失っていく様子が描かれている。「鱗の剥脱」というのは、齢とともに、生命感と詩魂の輝きがなくなっていくことであるが、心は無為自然の状態に近づく。

すみれ摘むさみしき性を知られけり
萩白しまひるは堪ふるさびしさに
菩より花の桔梗はさびしけれ
美しきもののさみしさよ秋来たり
死ぬること独りは淋し行々子
夏痩せて嫌ひなものは嫌ひなり
初嵐して人の機嫌はとれませぬ

夫や家族を持っていたにもかかわらず、人生を通じて鷹女は「さみしき」「淋しき」という言葉を繰り返し詠んでいる。人生が淋しいのは、「死ぬること独り」であるからだ。人生を淋しく思う心が俳句を生む。淋しさを強く感じ、人の機嫌を取ることができず、好き嫌いがはっきりしている性格であった。

菊かほる国戦へば生命重し
カンナ秋体温あつく吾ぞ生くる
春愁の二つのいのち相寄りぬ

命そのものを詠んだ句は少ないが、国が戦っていた時には生命の大切さを思っていた。体温が高い時には生きていることを実感していたようだ。体内の細菌を殺す時には体温が上がることを連想する。「二つのいのち」は子供とともにいる時の句であろう。松尾芭蕉の〈命二つの中に生(いき)たる桜哉〉を連想させる。

あす死ぬるいのちかも知らず秋刀魚焼く
昼顔に人は髑髏となりて果つ

生と死といづれか一つ額の花
冬に入る見分け難きは枯木と死木
夕霧草明日なき生命かも知れず
椿一重死は生き生きと蕊の中
死にがたし生き耐へがたし晩夏光

死を思う句が多い。最初の二句は戦前、他は戦後の句である。戦前の句では、戦争で明日の命が分からないことを切実に詠んでいる。四句目での、枯れた樹木と死んだ樹木の違いを見分けることが難しいというのは興味深い発想である。人間が死んだかどうかは医者に聞かないとわからないことを思わせる。南方熊楠が研究した粘菌は、アメーバ状の時は動物、胞子を持つ時は植物、枯れて死んだ状態もあるという複雑な生物である。粘菌が死の状態からどうして動物の状態になるのかがわかれば、人間の生と死の秘密が解けると熊楠が考えていたことを連想させる。

六句目で、花の死はすでに蕊の中に見られるというのは興味深い発想である。『徒然草』の中で、葉が落ちるのは眼に見えない芽がすでに葉を落としているからだと発見した兼好法師の言葉を連想させる。生物はすべて生きている間に死の準備をしているというのは細胞学者のいうところである。頭ではまだまだ若いと思っていても、体内の細胞群はもうひそかに死の準備を進めている。

五十二歳の頃には、長男が復員し新居を建設中であったにもかかわらず、死に難く生き堪えがたい世の中と詠んでいた。

梔子(くちなし)のあたり死神さまよへり
大寒の死霊を招く髪洗ひ
黐(もち)の花神秘は人の眼に見えず
ひるがほに電流かよひゐはせぬか
椿昏れ女あり神を懼れける
枯羊歯を神かとおもふまでに痩せ

俳句から詳しい背景は読み取れないが、鷹女は死神や死霊の存在を感じる人であった。死神や死霊のように、理性ではありえない世界を多く詠むことは読者に嫌味な感じをもたらすが、鷹女は自然な心の状態で神や霊の存在を感じる俳人であったようだ。

森羅万象の神秘は人間の眼には見えないと思っていたと詠むのは、鷹女が神秘を感じることができたからであろう。

鷹女絶唱の一句では、昼顔の中に電流のような霊気を感じている。昼顔だけでなく、この世の万物に電流的な「気」が流れていることを自然に感じられた俳人である。ルーツを遡れば荘子に行きつく。天地に流れる「気」や、この世・宇宙の陰陽の「気」を感じることができた二千数百年前の思想家が直観した万物に流れる「気」が、鷹女の「電流」であろう。「気」がなくなると生物は死ぬ。昼顔が生きているのは「電流」という生命の「気」のためである。

鷹女は、自然の中の神秘的なものの存在を意識していた。

菊白し祈りの吾子のへに祈る

いのち子に分たん禱り冬山に

晩禱や晩禱ながき薔薇の中

祈りの句であるが、祈りとは何か目に見えない神聖なるものに祈ることである。

祈りとは、神と人間の命の関係である。祈りはすべての宗教と文学に共通した行為である。

晩禱の意味はキリスト教における夜の祈りだが、ここでは自然の神に祈っているようだ。

夏藤やをんなは老ゆる日の下に
うつし世に人こそ老ゆれげんげ咲く
椿落ち椿落ちこころ老いゆくか
百日紅何年後は老婆たち
母老いぬ枯木のごとく美しく

四十代から五十代にかけて、老いを意識した句を詠んでいる。最初の二句は戦前、後は戦後の句であるが、年齢にかかわらず老いの早さ、無常迅速を意識している。

老いの意識が死の直前の〈秋蟬やうばすて山に姥を捨て〉の心につながっていったようである。

永田耕衣——枯草の大孤独居士ここに居る

枯草の大孤独居士ここに居る

これは平成八年、九十六歳の耕衣を訪問した高橋睦郎に揮毫した色紙の句であり、この後、頭脳老化が進み、結果として最終作品となったという。

平成七年、九十五歳の時に阪神・淡路大震災で自宅が半壊したが奇跡的に無傷で助かり、特別養護老人ホームに入居していた。

永田耕衣は明治三十三年（一九〇〇）兵庫県に生まれ、平成九年（一九九七）九十七歳で没した。忌日は八月二十五日。加古川市の泉福寺に眠る。

耕衣は多くの俳句結社の同人となり、自分に合う師や結社を求め続けたが「これでなきゃという人に会っていない」という。昭和二十四年、四十九歳の時に「琴座（りらざ）」を、創刊・主宰し、九十七歳の時に終刊した。九十歳の時に現代俳句協会大賞、九十一歳の時に詩歌文学館賞を受賞した。

句集・散文集を多く出版したが、受賞という面で評価が遅れたのは、観念句と思われていたからであろう。精神性・霊性の強い作品は、一般的に評価され難いところがあるのは、選者・選考委員に精神性・生命性を理解できる俳人が少ないからであろう。受賞というのは選者の主観に依拠しているか多数決で決められるところがある。

耕衣は物理学者カプラの『タオ自然学』が読みたいから、高橋睦郎に本を送ってもらったと、高橋は海上雅臣との対談（「俳句」平成十年二月号）で述べている。耕衣は晩年には芭蕉が尊敬した荘子の考えを含むタオイズムに深い関心を持っていたようだ。物理学とタオイズムには共通点が多い。キリスト教、仏教、儒教に比較して、老荘思想や道教神道は造化・自然に逆らわない無為自然の思想だから、自然科学と矛盾しない点が見られる。「物理」という言葉のルーツも『荘子』の中にある。物理という言葉だけでなく、微分の考え方がすでに『荘子』に書かれていることは驚くべきことである。ノーベル物理学賞の受賞者であるニールス・ボーアや湯川秀樹は『荘子』の影響を受けている。

白 梅 や 天 没 地 没 虚 空 没
自 家 倒 壊 の 大 震 難 や 白 梅 忌

枯草や住居無くんば命熱し
スベリヒユ抱(だか)え死にたし抱(だ)かで死す
死神が時を渡って来て死にぬ
死神と逢う娯しさも杜若
生(なま)虚空たる親切品(ほん)を舞踏哉(かな)

阪神・淡路大震災での地震を詠んだ句である。

天と地だけでなく、虚空もまた没したというのは耕衣ならではの発想である。荘子の説く虚空とは、森羅万象の宇宙の世界であり、同時に生命の根源であった。耕衣は、物質だけでなく精神世界のすべてが没したと思ったようだ。家を失っても命が「熱し」と思って精一杯生きていた様子である。これらの句は、当時ジャーナリズムに多く取り上げられたという。高齢にもかかわらず、震災後、精一杯に生きる姿が被災者を勇気づけたようだ。

この時の耕衣をはじめとする震災句が、東日本大震災の時の震災句に影響を与えたのではないか。耕衣の震災俳句は、命と心の句である。

社会性俳句の形で、官僚・政治家・東京電力の経営者を非難するのは俳句の使命ではないだろうし、詩歌文学の本質ではない。社会的な問題は政治によって解決しなければならない。政治問題・社会問題は芸術・詩歌の問題とは異なる。亡き命に対して鎮魂の思いを持ち、死者に対して心の問題を詠むことが震災句として重要であろう。

耕衣は、「死」や「死神」について詠んだ。「死にたし」「死神と逢う娯しさ」と詠むのは諧謔的であるが、本音でもあったようだ。

特別養護老人ホームに入った耕衣は、多くの人々の親切心に出会っていた。「人間は人間の親切でしか救われない。性質や能力を表す仏教の言葉『品（ほん）』を借りて『親切品』という造語が生まれた」と耕衣はいう。「品」は仏教がインドから中国に渡来する以前から ある漢字であり、世界で最も古い詩の評論集『詩品』のように評価基準を表しているが、耕衣は、親切心が救いとなる宗教的な意味を持たせていた。「生虚空」の句は、耕衣の友人で前衛舞踏家の土方巽が親切心を舞踏で表現したという意味だと自解にいう。耕衣は震災を経験し、多くの人の親切が身にしみていた。

朝顔や骨と皮なる老母在す
落し水母の白髪のきはまりぬ
老い朽ちてゆく母羨し玉霰
朝顔や百たび訪はば母死なむ

寒雀母死なしむること残る
ひろびろと母亡き春の暮つ方
或る日父母が居ないと思う梅花かな

耕衣は母を多く詠んだ。母の老いと死を詠むことによって母の命を深く思うと同時に、自らの老いと死を考えていたようだ。最後の句だけは震災後の句であり、老人ホームに入居した後、ある日父母がいないことにふっと気がついて、自らの孤独を深く知ったようだ。父母を失った人は、いるはずの父母の不在を何かの瞬間に強く感じる体験を持つだろう。九十五歳を越えても父母への思いは幼い頃と変わらない。父母の記憶が父母の魂となって耕衣の心に残る。

桐の花下を走るに老いつつあり
雨蛙めんどうくさき余生かな
たわむれに老い行く如し冬の海
老雪や無欲の欲が深くなる

自らの老いを詠んだ句である。余生を生きていくことを面倒臭いといい、戯れに老い行くというのは諧謔的である。
無欲や無為への欲が深くなるというのは面白い発想である。老子・荘子の思想にも共通する考えであるようだ。戦争の時代に生まれ育った老荘は戦争を避ける思想を考え続けていた。
無欲・無為への欲が争いをなくす。無為とは戦争を起こすような人為的で余計なことをしないという行為である。

甘瓜やなほ歩かねば死ぬを得ず
死に真似の死に到るあり雪の暮
鰊そばうまい分だけ我は死す
人暑うして死神が死ににけり

震災以前にも人生を通じて死に向かっている思いを詠んでいた。暑ければ死神も死ぬというのは面白い発想である。

池暑し我が幽体の足音達
野菊道数個の我の別れ行く

沈丁や一人体に入る神神

「我が幽体」の句は「あらゆる透明な幽霊の複合体」という宮沢賢治の詩を連想させるが、耕衣は自らの心は複数の幽霊の複合体と思っていたようだ。「数個の我」の句にもよく似た霊体意識が見られる。魂や霊の思想は釈迦仏教にはない思想であり、神や魂の存在に悩むことは人間を幸福にしないと釈迦は考えていたが、道教神道では多くの霊や魂によって人間の精神が作られると考えられていて、賢治の詩や耕衣の句にその思想が見られる。体に神々が入るというのもアニミズム的な発想である。耕衣の句に大乗仏教の影響があると論じられることがあるが、俳句に詠まれた「幽体」「神神」という言葉の存在が道教神道の影響を思わせる。

難解と評された耕衣の句を理解するためには、月並写生の対極にある霊性・神性を直観する必要がある。神や魂の存在は論理的・理性的には説明できない。理性・知性では神と魂の存在の証明は不可能とカントは説いたが、詩歌文学では直観的にその存在を感じ表現することがある。

耕衣の生命観はやさしくないが、大乗仏教だけでなく神や魂の考え方を読み取る必要があろう。

中村草田男
折々己れにおどろく噴水時の中

折々己れにおどろく噴水時の中

『中村草田男全集』に見る最後の句である。死に関する思いではなく、噴水の水を眺めてその不規則性に驚く句である。水自体が驚いているという擬人法であり、作者自身の驚きでもある。「時の中」という言葉は観念的であるが、宇宙の時間、人生の時間を暗示している。草田男自身が人生において、自らの行動・思考に驚いたということをも暗示していよう。

この句の四か月前には〈初花や生きたしそして生かせたし〉と生への執着を詠んでいる。草田男は晩年に「軽み」を非難したけれども、最期の句は特に「重い」句というわけでもない。芭蕉が理想とした無為自然の率直な句に近い。芭蕉の「軽み」の意味は、命が軽いとか言葉が軽いといった現代語で考えられがちな「軽い」という意味ではなかった。政治的な、あるいは思想的・哲学的な二者択一を要求するような「重い」問題を含んでいないという意味であった。

中村草田男は明治三十四年（一九〇一）清国福建省の日本領事館で生まれ、昭和五十八年（一九八三）八十二歳で没した。忌日は八月五日。あきる野市のカトリック五日市霊園に眠る。二十八歳で「ホトトギス」に投句、四十五歳で「萬緑」を創刊した。七十一歳で紫綬褒章受章、七十七歳でメルヘン集『風船の使者』にて芸術選奨文部大臣賞受賞、死後の昭和五十九年に日本藝術院賞恩賜賞を受賞している。

宗教的な思想に関心を持っていたわりには、自らの生死に対する晩年の思いの句は多くない。

永久に生きたし女の声と蟬の音と
谷蟆（たにぐく）よ老醜まで吾（あ）を生かしめよ
生きてみばや枯野の犬と生命（いのち）共に
地蔵の前鉢の子子（ぼうふら）生命（いのち）千々（ちぢ）

戦後すぐの四十五歳から五十一歳の頃に見られる生命への思いである。

女性と蟬の声を聞き永遠に生きたいと思い、谷蟆を見て老醜まで生かせてほしいと望み、枯野の犬とともに生きたいと詠んでいた。多くの子子の生命に、自らの命と戦後に生きながらえた生命への思いが反映されている。晩年の句ではなく、亡くなる三十年前には生命への執着が感じられる。

戦時中・敗戦直後の生死への思いを超える句を晩年になって作っていないことは、他の多くの俳人に比べて珍しいことである。晩年、「軽み」に反発したように、人生最期において、「軽み」の本質である芭蕉・荘子の「無為自然」を率直に反映する句を嫌ったようだ。あくまで自己の意識を主張した重い俳句を詠もうとしていたようである。

富士秋天墓は小さく死は易し
死なざりしよ今年蒲公英多き年か
八月白馬(はくば)の傍(はた)で自問す「死にたきや」
をみなの魂(たま)たかく召されつ聖母の月

死への思いが率直に詠まれた句である。

四十一歳の頃には、富士山の大きさと人間のはかなさが対比されて「死は易し」と詠む。

六十一歳の頃には、「死なざりし」と「死にたき」という矛盾するような思いを詠んでいる。

草田男は七十六歳の時に妻・直子を亡くした。直子はカトリック信者で、草田男のキリスト教理解に影響を与えていたという。精神的な「重さ」に影響を与えていたのではないか。

四句目は妻の魂が神に召されたことを率直に詠んでいる。

秋晴や故友の命の継穂われ
朧夜は白夜机上に友を祀る
春立つ夜あの世の友にも為事あれ

四十五歳の時に友人の伊丹万作が亡くなった。

その後、草田男は伊丹を思い、友人の命が自らに継がれていると詠み、自らの机上に友人の霊を祀っていた。あの世での仕事をも心配している。

鵙鳴くや十九で入りし造化の門

四十四歳の頃には、俳句を「造化の門」と考えていたことは興味深い。

芭蕉・正岡子規・高浜虚子にとって、俳諧・俳句は森羅万象の造化の秘密を詠むことだった。

「造化」とは芭蕉が最も尊敬した荘子の言葉である。

荘子を尊敬していた李白も「造化神」を詠んだ漢詩を残している。宇宙・自然に関する荘子の思想に芭蕉は影響を受けていたが、宇宙・造化の考え方は仏教・儒教・キリスト教には見られないものであった。「造化」という言葉には、「造る」という考えと「化す」という考えが一体化している。宇宙・森羅万象を造る目に見えない神的な存在があると同時に、宇宙・森羅万象自らが変化していくという宇宙観・自然観は、日本の文化・文学を貫く考えであり、俳句にも流れている。キリスト教の神は自然・人間をあたかも機械のように作ったのであり、自然・人間が自らの自由な意志で進化・変化するということはなかった。

ただ草田男は造化自然の神よりも、キリスト教の神やニーチェの無神論に関心を持っていたため、芭蕉・荘子の造化思想と無為自然へ随順する「軽み」の考え方には同意できなかったようだ。晩年の芭蕉は無為自然による軽みの境地を理想とし、無為に反する人為的・反自然的・技巧的・人工的な「重くれ」の俳句を嫌っていた。山本健吉も芭蕉や虚子のように、無為自然のあるがままの境地を詠む心の軽みに惹かれていたため、亡くなる前の草田男に激しく非難された。

　梅雨の社（やしろ）寺より明し母を祈る

　梅雨の社何神ぞ母の命護（も）りませ

四十六歳の時に出された句集『來し方行方』には、ニーチェの言葉「われわれは　祈願する者から出て　祝福する者にならなければならない」が冒頭の頁に引用されている。

キリスト教、中国の道教、日本の神道、日本の大乗仏教は本質的には、神、神々、仏に祈る宗教であり、釈迦の仏教は祈る対象を否定して、欲望をなくすことを自力で悟る宗教であった。ニーチェは、神の存在を否定し、神に祈願することを否定した思想家であり、草田男はニーチェに一時惹かれていたが、自らは母の命を率直に神に祈った。母が重病の時に、草田男は何かの神に祈りを捧げている。

神仏への祈願は多神教である。生前の草田男の宗教観は、俳句から見る限りキリスト教の一神教的であったとは思えない。臨終洗礼は草田男が半無意識の時に家族の意思によって行われた。意識ある間は洗礼を受けなかった理由が何であったかは、俳句論を超える難題である。草田男の「軽み」への反発は、キリスト教の洗礼の問題に深く関係していた。芭蕉も山本健吉も宗教において、あるいは一神教についての悩みは抱いていなかった。

ラザロの感謝落花の下(もと)に昼熟睡(まどろ)み

神は一筋万象の奥滝落つる

科学も薬も神のたまもの初雲雀

寒星や神の算盤ただひそか

虹より上に「高みを仰ぐ神」あるなり

草田男とキリスト教は切り離せないと山本健吉は洞察していた。

草田男は二十一歳の時に、「ラザラス体験」という精神的な体験をした。ラザラスとはキリストによって復活したラザロのことである。「永遠というものの全たたずまいを直接に見てしまった」といい、「死を経て生に還ってきたものにとっては、生がかえって死そのものになってしまった」という体験をしたが、難解な文章である。東洋には、イエス・キリストのように死から復活するという思想はない。東洋思想の本質はあくまで無為自然の思想である。

処女懐胎や、死者がよみがえる復活といった聖書の非現実的な奇跡を盲目的に信じることは、多神教の日本人には困難である。草田男句には聖書に依拠した難解で「重い」思想の句と、日本人に親しいアニミズムの神々の「軽み」の世界が、矛盾せずに詠まれている。

星の世界・宇宙を算盤のように計算し、計画し、創造する神の崇高さを思っていた。

照空燈ふるき皇国の天の川

寒夜いま敵都真昼の鬼畜にくし
朝の蜜柑食へ強く産め敵にくし
いくさよあるな麦生(むぎふ)に金貨天降(あまふ)るとも
冬海玲瓏歴史はいくさと苦の歴史

最初の三句は昭和十八年、十九年の戦時中の句であり草田男も皇国意識や鬼畜にくしという戦争意識を詠んでいた。戦後に戦争反対をいう人がいるが、国が戦争中に戦争反対の句を発表する人はなかった。

草田男が、戦前に戦意高揚の句を、戦後は戦争反対の句を詠んだのは、作品に見る真実の姿である。「いくさよあるな」の句は戦後の句である。

人類の歴史は戦争と苦だと草田男は考えていたため、死ぬまで、重いテーマを抱えていた。

山口誓子

一輪の花となりたる揚花火

一輪の花となりたる揚花火

これは、山口誓子が死の前年、九十歳の時に詠んだ、遺句集『新撰　大洋』最後の章の一句である。神戸ポートピアホテルの最上階から神戸港に打ち上げられた花火を見た時の句である。自らの生死にまつわる句ではないが、人生最期の花火の輝きに、生から死までの人生の一瞬を見たようである。

誓子は明治三十四年（一九〇一）京都に生まれ、平成六年（一九九四）九十二歳で没した。忌日は三月二十六日。芦屋市営霊園に眠る。山口家が神道であったことは、誓子の晩年に大きな影響を与えていた。十九歳で「ホトトギス」に投句、三十四歳で「ホトトギス」を離れ「馬酔木」に加盟、四十七歳で「天狼」を創刊、六十九歳で紫綬褒章受章、八十六歳で日本藝術院賞受賞、九十一歳で文化功労者の顕彰を受けている。

若い頃は、硬質の詩情を湛えた即物的な俳句が多かった誓子は、晩年には星への祈りや神的なものへの思いを詠んだ。初期の頃には新しさのみをねらって物に固執したが、年齢とともに伝統性・神性に傾いていったことはあまり誓子論では論じられてこなかった。一般的に俳人論は、若い頃、初期の頃の俳句に集中していて、心の深みに至る論は少ない。若い頃はまだ命が若いから生命の深さと長さには関心が薄く、ただ表現の新しさ・面白さだけに関心を持つからであろう。若い俳人は、辞世の句には関心がないであろう。人は身近な人の死を経験するにつれ、人の生命への思いが深くなるのではないか。俳句の鑑賞や批評にも人生の深い経験が必要であろう。人生経験が浅くとも、作品を通じて、俳句の背景への感情移入が必要であろう。

雪虫や五十まで生きたらばよし
きりぎりす生くるかぎりは句を選ぶ
わが息のかすかに白く生きるはよし
松の芯伸びしを見れば吾も生く
蟋蟀の畳の上にいのち生く

五十歳で出した句集『青女』の題名の意味は、後記に「霜を司る神」といい、「素手によつて生命（根源）を把握しようと力めて来た。生命は素手によつてでなければ摑めぬ故に」という。病気がちであった誓子は五十歳まで生きることができればよしと思っていたが、その倍近く九十二歳まで長く生きた。

生きている限りは選句をしようと決意し、生きていることは良いことだと思い詰めていた。松の芯の伸びる様子や、畳の上のこおろぎの命に、自らの命を反映していた。造化の万物の生命と俳人の生命との一体感が詠まれている。芭蕉が尊敬した荘子の無為自然と万物の生命の同質化の思想であり、初期の頃の非情なまでの即物性は薄れている。

露更けし星座ぎつしり死すべからず
露けき身いかなる星の司（つかさ）どる
星天を夜干の梅になほ祈る
死がちかし星をくぐりて星流る

一句目では、星の充満を見て「こんな美しいものを見残して、死んでいいか。否、否、断じて死んではいけない」と『自選自解　山口誓子句集』にいう。

誓子の星の句に野尻抱影がエッセイを配した『星戀』の中の句である。

「螢と星」という文章で、野尻は星を蛍にたとえることは「人間に極めて自然の心理である。アニミズムの原始民族にはこれらが同一視されていた」という。初期の頃はアニミズムに遠い句を詠んでいたが、星の句を意識した頃から、星の霊性に関心を持ち始めている。

「天狼」という星の名前は、野尻が句集名として提案したが、誓子は結社の名前に採用した。俳人で「アニミズム」という言葉を最初に使用したのは誓子ではないか。アニミズム的な思いと誓子とは無関係だと思っている人が少なくないと考えられるが、晩年の誓子の句を貫くのは、荘子的なアニミズムである。星の神への祈りを通じて、誓子は伝統性とつながっている。

二句目では、病気がちな人生はいかなる星が司っているのであろうかと思う。

人間の人生・生死を星が司るというのは、古代中国のタオイズム（道教）の思想であり、江戸時代まで存在していた陰陽道の影響である。陰陽道は天武天皇が関心を持って、政治に応用した中国の道教思想である。中国における最高の神である北極星の別名、天皇という言葉を日本の大王（おおきみ）の名前としたのも天武である。道教を天皇家の宗教としたために日本人は道教について知ることを禁じられ、一般の人々は道教については教えられてこなかった。人は、教科書で教えられなかったことについては理解しようとしない反応を示す。仏教という言葉ですら、一応は知っているものの、日本の仏教と釈迦の仏教とはまったく異なる教えであることはほとんど教えられてこなかった。ましてや名前も知らない道教についてはまるで知らない。中味を知れば知るほど、日本の文化の基層に道教が仏教以上に深く入っていることは驚くべき事実である。

明治政府が陰陽道や修験道を禁じ、国家神道の道を歩んだために、近代・現代の日本人はタオイズムについてはほとんど知らず、学校でも教えられることはなかった。

誓子の俳句を論じても星への関心とタオとの関係を考える俳句批評家はほとんど見られないが、星神への信仰は誓子の死生観に大きな影響を与えていた。初期の新しい傾向の俳句は、誓子の死生観にはあまり影響を及ぼしていない。俳句の構造論はメカニックであり、人間の生死の考えには影響を与えない。

戦時中、戦後、誓子は自らの死の近さを思いつつ、生命を星に祈っていたことを再認識・再評価すべきである。七夕のルーツそのものが、すでに道教における星の神への祈りであった。七夕の説話は、天皇という北極星の最高神に仕える男女二神の物語である。

茶の畝を青き精気が貫けり
内に凝るもの新緑となりて現(あ)る
筍は尖に精気を凝らしたり
桜咲く枝の先まで生気満ち

生命の根源に、「精」「気」「凝るもの」「生気」があるというのは、古代中国のタオイズムに見られる精神思想であるが、誓子が俳句にその精神を詠んでいたことも、誓子論ではほとんど語られてこなかった。茶の畝には精気、新緑には樹木の内部に凝結する生気、筍の尖端には精気、桜の枝には生気を感じ取っていた。写生では見えないものである。虚子のいう「花鳥諷詠」の本質は、花と鳥に命と魂があるというアニミズムであり、誓子の句にも通う精神であった。高浜虚子と水原秋桜子・山口誓子との俳句観の対立は若い頃の話であり、三人の晩年の俳句観・人生観は対立といったものではなく、むしろ荘子風の無為自然の境地において共通していたと思われる。

かすむ雪嶺よ吾を死なしむなゆめ
死ねばみな青田の墓地の御影石
唯一基青田の中に墓が立つ

戦後すぐの四十七歳の頃には「死なしむな」と思っていたが、七十八歳の頃には墓を見て生命無常の句を詠んだ。死ねば人はみな墓石になるという諦めである。

張網を掲げられ鮭に死あるのみ
鮭打ちを見しかば供養塔拝む
盆の燈を点す鰻の供養にも
死の近き虫と思ふに鳴きしきる
残る虫死ぬまで声の衰へず
甲虫の死して木の実のごときあはれ
螢死す風にひとすぢ死のにほひ

人間の死を直接詠んでいないが、動物の死を通じて自らの死を思っている。鮭の供養塔を拝み、鰻を供養するのも、誓子が心優しいアニミストであった証拠である。虫の声に死を思い、甲虫の死と木の実に死のあわれを感じ、蛍の死の後の風に死の匂いを感じる敏感さを持っていた。晩年の誓子は、本質的には高浜虚子と近いところにいた。

神これを創り給へり蟹歩む
祈りたる神の多度村氷水

広峰の青歯朶神代さながらに
青峯に神集ひます遊びます
日の神が青嶺の平照らします
神の国藁塚はみな身を低め

山口家が神道であったからか、誓子には神を詠んだ句が少なくない。蟹の歩むのを見て神が作ったと思い、多度村（たどむら）の神には祈りをささげていた。

青歯朶を見て神代さながらの風景を感じ、「青峯」には神が集い遊ぶと想像する。八十九歳の頃には東吉野を訪れて、日の神が嶺の平を照らす様子を詠んでいる。

誓子は神々の存在を疑っていなかった。八十八歳の頃には、日本を神の国と思っていた。若い頃の句だけの誓子論では、誓子全体の俳句観を見誤るであろう。

霊潜む植田の中の狭き墓地
田の中の墓にて盆の霊に会ふ
紅き火に鵜の精魂を盡くさしむ
施餓鬼川死霊は生者（せいじゃ）より多し

病院にとぶ蝙蝠は誰（た）が化身（けしん）

神の存在だけでなく、誓子は墓に霊、鵜には精魂、死霊、蝙蝠への化身といった霊的・魔的なものを感じていたことが俳句から理解できる。今までの心の浅い表現論中心の誓子論では語られてこなかった、誓子の深い心の真実である。俳句の命を理解できるのは、読者・批評家の命であり、頭脳ではない。

加藤楸邨

青きものはるかなるものいや遠き

青きものはるかなるものいや遠き

加藤楸邨は、明治三十八年（一九〇五）東京に生まれ、平成五年（一九九三）八十八歳で没した。忌日は七月三日。世田谷区の浄真寺に眠る。

引用句は死の約ひと月前の病床での最期の句である。八十八歳の最期の句にしては、大変ロマン性に満ちている。

楸邨の魂のゆくえとしてのはるかな青を希求している。これが最期の句であったとは思えないほど死に遠い内容である。詩魂のゆくえを詠み、最後まで詩的な表現を意識していたようだ。

死の前年の句〈颱風（たいふう）の割れ目の青が北を指す〉にも、魂が向かう北極を希求するロマン性がある。北と青の世界を希求する句が印象的である。渡り鳥は北極を感知できると生物学者はいうが、人にも北の方向を意識する作品を残す俳人がいる。楸邨の魂のゆくえとしての浄土は西方ではなく、北の方向にあったかのようである。北極星は紀元前の中国において天皇と呼ばれ、皇帝が四方拝において四季に祀る最高の神であったが、北を思う俳人には北極星を思う精神的遺伝子が残存しているようだ。

楸邨は「馬酔木」を経て「寒雷」を創刊した。六十三歳で蛇笏賞、六十九歳で紫綬褒章を受け、八十歳で日本藝術院会員となり、八十四歳で現代俳句大賞を、八十七歳で朝日賞を受賞している。

寒雷や在りし日のこゑうしろから

梟となり天の川渡りけり

寒雷や遠き何かが我動かす

これらは『加藤楸邨全句集』に収められた遺句集の最期に見られる句である。

楸邨は晩年、不思議な内容の句を詠んでいたが、一句目と二句目は簡単には意味が取れない世界である。「在りし日のこゑ」とは、誰のいつの声であろうか。その声が後ろからするというのはいかなる状況であろうか。すでに亡くなっていた親しい人の声を幻聴のように後ろから聞いたのだろうか。後ろというのもあの世のようだ。亡くなった妻と思われるが、句からは想像するほかはない。

二句目で、梟となって天の川を渡るというのも幻想的である。この梟も亡き妻であろうか。亡き幼子のようでもある。東洋の文学史・宗教史においては、人が亡くなると鳥となって天界・仙界に昇るという道教的なイメージが見られる。鶴や白鳥は亡き人の魂を天に運ぶとされている。妻の魂、幼子の魂であると同時に、楸邨自らの魂が梟に変身して、天の川の星の世界に昇天したいという願望のようでもある。

七十九歳の頃の〈天の川わたるお多福豆一列〉という天の川を渡る不思議な句を連想する。死の二年前には〈鞦韆やわがための星一つあり〉という句、五十七歳の頃には〈死後の星と決めて見んには寒かりき〉という句があるから、死後の霊が行く星の存在を考えていたようだ。

古代中国の宗教である道教を好んだ天武天皇は、陰陽寮を国の機関に設けた。道教は星を神としたが、陰陽道の影響であろうか、日本人にも星を死後の魂と思う精神構造がある。「わがための星」「死後の星」といった俳句が楸邨に見られるのも、星が神であり魂であった道教神道の無意識な影響であろう。

「天の川」を渡る梟は、楸邨の亡き妻あるいは亡き幼子、あるいは自らの死後の魂の幻想の姿であろう。七十九歳の頃の句〈ふくろふに真紅の手毬つかれをり〉においても不思議な梟があり、これも楸邨の亡き幼子の魂が梟になって手毬をついているようである。

六十八歳の頃には〈古手毬持てば湧く唄口の内〉という句があり、楸邨は一人で手毬唄を唄い、また六十三歳の頃には〈人間をやめるとすれば冬の鵙〉と詠んでいて、死後には鳥に変身したかったようである。

三句目に見られる「遠き何か」は、冒頭に挙げた「はるかなるものいや遠き」に通う。楸邨はいつも何かはるかなものによって自らが動かされていると思っていたようである。

我は宙に漂ふ存在残月も
我が天は青くて青くて林檎も翔ぶ

『死の塔　西域俳句紀行』に見る六十八歳頃の句である。楸邨は、残月と同じように宙に漂う存在だと思っていたようであり、自らの魂が青い天に引かれていき、林檎となって飛ぶ姿を幻想する。年齢にかかわらず楸邨は、時々不思議な発想の句を詠んでいた。本質的には天地・宇宙の生命との一体感であり、芭蕉を通じて荘子の無為自然、造化随順の思想に遡ることができる。

死ねば野分生きてゐしかば争へり

かぞへゆく人の生死や春の雷
火の奥に牡丹崩るるさまを見つ
霜柱この土をわが墳墓とす

これらは、四十歳の頃に、米軍飛行機によって焼夷弾が落とされた東京の空襲下で詠んだ句である。楸邨の晩年に生死を直接詠んだ句がほとんどないのは、戦時中に死の一歩手前の体験を句に詠んでいたからであろう。

戦争によって、あるいは人生において、人は死んでしまえば野分のようであるが、生きていれば争うだけにすぎない人間だと思っていたようだ。楸邨は、多くの人々の生死をただ見つめるほかはなかった。自宅が罹災して、燃える火の奥に牡丹が崩れる様子を詠むほかはなかった。霜柱の立つ土地が墳墓となるだろうと、死の覚悟をすでに詠んでいた。

中村草田男は、戦後に楸邨を戦争協力者としてきつく非難したため、二人は長い間絶交していた。しかし、楸邨が戦争に協力したという文章も俳句も見つからない。むしろ草田男の方が戦意高揚の句を残していたことは、残された俳句作品に見られる事実である。楸邨は草田男が非難したような戦争協力者ではなかったと、俳句を詠めば明瞭に理解できる。

友となり妻となり亡くて牡丹となり

埋み火の底に蛇笏の目がありき

一句目は、妻が亡くなったあとの句である。友であり妻であった人が亡くなり、魂はついに牡丹になってしまったと思ったようだ。妻の魂は牡丹に変身するという幻想である。宗教的な霊性においての生まれ変わりではなく、詩的で感性的な幻想である。

二句目は「飯田龍太氏を訪ふ」と前書にあり、龍太邸での埋み火の中に飯田蛇笏の目を感じた幻想的な句である。ここにも何か不思議で霊的な思いが表れている。

大き枯野に死は一点の赤とんぼ

冬月さす幾千の中の一つに逝く

滅びゆくもの生れゆくものいま蜩

ある夜ふと死があゆみをり鉦叩き

人の死に追はれ追はれて秋の暮

生や死や有や無や蟬が充満す

桜桃やいのちみじかし恋せよと

五十歳以降、生死に関する言葉を直接詠んだ句である。生死を直接に詠んだ句は多くないが、生命は短いものという諦めの気持ちが表れている。五十歳の頃には、広い枯野の赤とんぼに、自らにいつかやってくる死を直感したが、六十三歳の頃には、ある夜に「死」がふと歩みよるのを感じていた。八十歳の頃には、死の思いからふっきれて「恋せよ」とユーモアを詠むゆとりがある。

秋の暮波郷燃ゆる火腹にひびく
灯の寒きこのしら骨が波郷かな

楸邨は秋桜子と同じように、亡くなるまで石田波郷を思っていたことが句から理解できる。波郷の死体が焼かれたあとの白骨を見て、これが波郷の最期の姿かと思っている。楸邨には稀なリアリズムの句であるが、リアリズムの句を詠む心は主観的である。楸邨が波郷の魂を深く思うからこそ、白骨の姿を句に残そうとする意識が働く。この句の存在にこそ、楸邨と波郷の俳句と命の深いえにしが感じられる。

能村登四郎——行く春を死でしめくくる人ひとり

行く春を死でしめくくる人ひとり
梅漬けの残りし一つ紅うるむ
白牡丹散るや四辺をちりばめて

『能村登四郎全句集』の年譜の最後に「命終の句」として「行く春」の句が載せられている。前書に「中村歌右衛門逝く」とあり追悼句だが、登四郎自身の死への思いと受け取ることも可能であろう。虚子の最期の句によく似た構造である。他人の死について詠んではいるが、無意識に自らの死を思ったと読者には取りうる構造において類似している。

全句集最後の句は「梅漬け」の句である。「残りし一つ」に「人ひとり」に通う思いがある。残された一つの命であり、独りという思いがこもっている。「白牡丹」の句は最後から五句目にある。散るのは作者自らの生命であり、四辺をちりばめるのは自らの魂であった。

最期の句は内容にかかわらず、作者の死に向かう心の反映だと読者は読み取りがちである。短い十七音の解釈は難しい。読者の解釈・理解には読者の主観が反映される。作者の作句時点の心を客観的に読みとることが難しいのは、どのように言葉を尽くしても作者の心はわからないからである。読者の最善の理解で、納得するほかはない。

登四郎は明治四十四年（一九一一）東京に生まれ、平成十三年（二〇〇一）五月二十四日、九十歳で没した。東京谷中の延壽寺に眠る。

二十七歳で「馬酔木」に投句し、五十九歳で主宰誌「沖」を創刊した。七十四歳で蛇笏賞、八十二歳で詩歌文学館賞を受賞している。句集『天上華』の後記には「今年七十三歳、病弱な私にはもうそんなに長い歳月があろうとは思えない」と書いたが、その後十七年生きた。句集『菊塵』のあとがきには「俳句も自然な生理作用のように知らぬまに出来るようになった」とある。芭蕉が尊敬した荘子の無為自然・造化随順の精神である。

登四郎句は平明だが心の深い句である。

句集『芒種』の後記では「八十八歳の老軀はしんどい」といい、毎月の作品を発表することは辛いが「老いてもこのような仕事を持っていることは男として倖せなことだと思っている」という。九十歳の死の直前まで俳句を詠み続けることができたのは、幸福な俳句人生であった。

登四郎には生死への率直な思いの句が多い。

逝く吾子に万葉の露みなはしれ
秋虹のかなたに睦べ吾子ふたり
吾子よ積め浄土霧界の弟の塔
しじみ蝶ふたつ先ゆく子の霊か

登四郎はまだ幼い長男と次男を亡くし、句には『万葉集』の魂鎮めの歌の心が流れている。万葉の露、秋虹のかなた、浄土霧界のはかない無常の自然の中に、二人の子供の魂を思う。子供の霊が言葉の霊となっている。しじみ蝶をわが子の霊と思う心は、詩歌発生の起源を思わせる。登四郎の句には釈迢空（折口信夫）の歌にこもる魂鎮めの精神の影響がある。

朴ちりし後妻が咲く天上華
見つめゐたり妻のいのちと露の珠
生垣の裾這ふほたる火は妻か
妻の流せし血ほどに曼珠沙華咲かず

「天上華」は亡き妻の魂の花である。

露の珠、ほたる火、曼珠沙華といった自然は妻の霊の姿である。季語は魂の姿に変化する。

古代中国や朝鮮で歳時記が作られた目的は神を祀り、魂を鎮めるためであった。

登四郎は子供や妻を思い、止むに止まれず魂鎮めの句を詠んだ。

むべいのち玉の緒とよぶ春あかつき
初あかりそのまま命あかりかな
いのちなりけり元旦の粥の膜ながれ
たまきはる命紅さす初明り
露の中二三歩いのちあかりかな
命とは蘂噴き上げし曼珠沙華
死後のこと少しも見えず膝掛す

生命を詠んだ絶唱群である。

「命あかり」「いのちなりけり」等の言葉は、『万葉集』、西行・芭蕉の「いのち」の詩人の系譜にあることを思わせる。

二人の幼い子を亡くし、妻に先立たれた経験は、生死に関する句を多く作らせた。命の本質は宗教・哲学・科学・医学では何もわからず、詩歌俳句でしか表現できない何ものかである。

妻のほかの黒髪知らず夜の梅
まぐはひに似て形代の重ねあり
ひとり身は老いも恋めく白絣
水着ショーなど終りまで見てしまふ
今にある朝勃ちあはれ木槿咲く

妻や女性や性をめぐっての諧謔的な句には心の自由が表現されている。自由人の句に野暮な批評は不要である。「水着ショー」の句は七十四歳頃の句である。老人の性への思いが率直に表れていて興味深い。

穴惑めきうろうろと生きてゐて
花疲れ生きの疲れもあるらしき
白息のかく乏しくてかく生きて

長命のすこしはづかし屠蘇の席

七十五歳頃からは生きることの疲れを詠んでいる。八十八歳の頃には長命を恥ずかしいと思っていた。

ときどきは死を思ひての桜狩
亀鳴くを信じてゐたし死ぬるまで
死を競ふごとくに椿花落す
老も死も男が先や秋渇く
春暁や死の恍惚も少し知り
恍惚の死もありてよき日向ぼこ

七十歳を越えて死を思う句が多く見られる。亀が鳴くという季語のルーツは道教系の説話にさかのぼることができる。亀の長命が不老不死・長寿の祈りに関係している。七十七歳の頃からは恍惚的な死への憧れを詠んでいた。桜や椿の花を見ては自らの死を思っていた。

人の死も蟬の死も皆仰向ける
年の瀬に見るとなく見る墓石の値
すこしづつ死す大脳のおぼろかな

七十八歳の頃からは死を思っても諧謔的に捉えている。人も蟬も、死ぬ時にはうつ伏せではなく仰向けで死ぬのは面白い発見である。八十歳の頃には墓石の値段を気にかけていたようだ。人は突然死ぬのではなく、少しずつ死んでいくと感じているのは興味深い。

人の命は、寿命の半分の年齢を過ぎると死の準備を始めるのではないか。寿命が八十年の人は四十歳を過ぎると、身体の細胞は死に向かっての準備を始めるから、表面上は老化が始まるのではないか。心は体の老化を止めることはできない。老化は細胞・DNAにプログラム化された必然的な営みである。誰がDNAを作り、誰がDNAに記憶させるのか。科学者であっても、造化の神の存在を疑うことはできない。ニュートンやアインシュタインのような人類最高の叡智を持った科学者でも、造化の神の存在を疑ってはいなかった。人のような姿をしたキリスト教の神は疑っていたが、自然・宇宙の普遍的な法則性そのものが神のようなものだという思想であった。

体と精神・心はまったく別のように働いている。脳の老化を冷静に感じるのは、脳とは別の魂であろう。

瓜人先生羽化このかたの大霞

泳ぎつつすこしわが前魂あそぶ

すこしくは霞を吸つて生きてをり

「瓜人先生」の句は、八十六歳で没した相生垣瓜人への鎮魂の句であり、古代中国の道教にいう羽化登仙（うかとうせん）を思っている。

七十八歳の頃には身体を離れた自らの魂が泳ぎを先導するのを感じ、時には仙人と同じように霞を吸って生きていたかのようである。

登四郎の魂もまた道教の仙人のように天界・仙界に羽化登仙したようだ。人の命の根源を魂と呼ぶならば、死は体から魂が離れることであろう。しかし、魂の構造も魂のゆくえも人にはわからない。詩人・俳人の想像によるほかはない。

石田波郷——今生は病む生なりき烏頭

今生は病む生なりき烏頭(とりかぶと)

石田波郷は大正二年（一九一三）愛媛県に生まれ、昭和四十四年（一九六九）五十六歳で没した。忌日は十一月二十一日。調布市の深大寺に眠る。

私ごとだが、毎年元日に深大寺で初詣の後は、波郷の墓の前でこの秀句を呟く。寺での祈願よりも墓前での祈りの方が、執筆に関する精神的なエネルギーを得ることができるように思う。墓というものは石にすぎないが、墓が不思議な力を持っているというのは、単なる主観ではないから、人類は民族を問わず墓を作ってきたのではないか。

波郷のように若くして死に至る病気でなくとも、人の今生は身体的にも精神的にも病む一生である。

年を通じて波郷の墓を訪れる俳人は今も多いようであり、いつも墓参する人を見かける。波郷を嫌う俳人は少ない。

波郷は十七歳で「馬酔木」に一句入選し、二十歳で自選同人となった。二十四歳で「鶴」を創刊・主宰、三十九歳で出版社を創設した。四十二歳で読売文学賞、五十六歳で芸術選奨文部大臣賞を受賞している。三十一歳で結核にかかり生涯病魔と闘った。清瀬の療養所で福永武彦・結城昌治・赤城さかえと同室になり、彼等に文学的な影響を与えた。俳句性を強調し、俳句は文学でないといったが、晩年は、俳句は当然文学だという意味のことを書いている。文学の意味がそのつど異なっていたようだ。

表現方法と内容において、波郷ほど俳句を詩と文学にした俳人はいない。

「結核菌のおかげで一つの富を得た」と『清瀬村』の文章にいう。「馬酔木中唯一人の虚子派」と呼ばれていることについて、「私はあまり好き嫌ひしない性質だし」「虚子も一人間だから嫌はれる面も、好かれる面もある筈だ」と自らの性格を説明している。

「俳句は境涯を詠ふものである」といった波郷の人生は、まさに芭蕉と同じく「毎日が辞世」の俳句人生であり、その俳句は「端的な表現、深い象徴、高い清韻」を詠んだ。

冒頭の句は、遺句集『酒中花以後』の最後から二十三句目にある。辞世というよりも人生を詠んだ句である。季語が死を象徴している。花の紫と猛毒性の鳥兜が死を象徴している。鳥兜が結核菌を暗示して作者の生命を脅かしているようである。健康でない時は、この句をつぶやくことによって精神的な力が得られるようだ。

命継ぐ深息しては去年今年

生き得たりいくたびも降る春の雪

豆撒いてことなかれとぞ祈るなる

わが死後へわが飲む梅酒遺したし

これらは没した年の句であり、辞世の思いが表れている。深い息をしながら生命をつないで生きる深い思いが込められている。幸福であることを祈りつつ豆を撒く。死後にも飲むことのできる梅酒を残したいと詠む句は遺句である。死後は飲めないと知りつつ、死後飲むために梅酒を残したいというのは切ない思いである。率直で無為自然の心である。

雁やのこるものみな美しき

命美し槍鶏頭の直なるは

三十歳の時の「雁や」の句は、召集令状を受けての句であり、死の覚悟が見られ、実質的な辞世の思いがこもった絶唱である。

「その瞬間から人も物も凡てが美しく見え、思へて仕方がない。日本人の心の美しさはこれだと思つた」「夕映が昨日の如く美しかつた」と、死を覚悟した時に自然が美しく見えるという日本の詩歌を貫道する美意識である。美は死を意識した人に見えてくるものであろう。

句の「雁」とは、和歌に歌われた常世（とこよ）の雁である。魂を常世に運ぶ鳥としての雁が句のテーマである。切れ字と韻文を強調した波郷の美しい句に流れるのは和歌の心である。死を覚悟して戦場に向かった作者の魂は常世に向かって飛んでいたからこそ、残された人と自然の生命が美しい。

芥川龍之介や川端康成が持っていた末期の眼であり、この世が美しく見えるのは末期の眼のためである。亡くなる前年の槍鶏頭の句では、「命美し」と詠む。槍鶏頭の美しさは自らの命の美しさでもある。

夕虹や三年生き得ば神の寵

冬至けふ息安かれと祈るかな

死に至る病とされた結核菌に侵された者は、自らの回復と生命を祈らざるをえない。人は最後には何かに祈らざるをえない。祈って病気が治るかどうかはわからないけれども、人は病気になれば、藪医者にでも頼るほかはないが、同時に何かに祈らざるをえない。

古今東西の文学と宗教に共通するのは祈りの思いである。祈りとは、人間を超えた神仏への祈りである。日本文化の神仏混淆においては神も仏も同じであり、人は何かこの世を超越したものに祈らざるをえない。現在の科学の時代においても、文学の読者よりはるかに多数の人が宗教を信じているのは、人間には祈る対象が必要だからである。心に残らない文学が多いと、文学はいつか滅ぶであろうが、宗教は滅ばないだろう。人類の最初の宗教はアニミズムだったとタイラーは名著『原始生活』で説く。魂と神を思う詩歌文学は、アニミズムの思想の残存だとタイラーはいう。優れた俳句は生命を詠み、必然的に魂や神を意識する。

波郷はあと三年生きることができれば、それは「神の寵」のおかげだと心底から思っていた。そしてその神に向かって「息安かれ」と祈っていた。

七夕竹惜命の文字隠れなし
金の芒はるかなる母の禱りをり
螢籠われに安心(あんじん)あらしめよ

露燦々胸に手組めり祈るごと

七夕というのは古代中国の道教において七月七日に陰陽の星の神、牽牛神と織女神に祈願する行事であり、万葉時代に渡来して和歌に多く詠まれた。七夕信仰は歳時記のルーツ『荊楚歳時記』に詳しい。歳時記はもともと一年間の道教関係の行事・祀りごとをまとめた書物であった。

「不惜身命」とは、仏道のために身も命も惜しまないことだが、作品での「惜命」は生きながらえることを星の神に祈るということであろう。

故郷にいる母が何を祈っているかはわからないが、ひたすら何かに何かを祈らざるをえない姿が浮かぶ。「安心あらしめよ」というのも神的なものへの祈りである。

波郷は、仏教的諦めや悟りの境地にあったのではなく、神的なものへの祈りを句に詠んでいた。

いのちなり露草の瑠璃蓼の紅

朴の花今年見ざりし命かな

かへり来し命虔しめ白菖蒲

手花火を命継ぐ如燃やすなり

病まぬ生より病める生ながし石蕗の花

咽喉熱く命燃ゆるや年の暮

柿食ふや命あまさず生きよの語

波郷の句は「命」そのものの句である。

命そのものをテーマにした句が多い。植物・花が大好きであった波郷には、「露草の瑠璃」「蓼の紅」そのものが命であった。

「朴の花」は命の象徴であり、花を見なかったことは命を見なかったということであった。手術をして死ななかったことを、白菖蒲の花の命に重ねている。また、花火の火も命の象徴であった。人生は健康な時間よりも、病気の時間の方が長いというのは、今日の長寿の時代にもいいえることである。「命あまさず生きよ」は知人の母の言葉を詠んだものであるが、すべての人にいいえる言葉である。

緑蔭を看護婦がゆき死神がゆく

緑陰に看護婦の姿を見ながら、自らにしのびよる「死神」をすでに感じていたようだ。

桂　信子

いつ遺句となるやも知れずいぼむしり

桂信子は大正三年（一九一四）大阪市に生まれ、平成十六年（二〇〇四）九十歳で没した。忌日は十二月十六日。箕面市の箕面墓地公園に眠る。昭和十三年、二十四歳の時に初めて日野草城の「旗艦」に投句し、五十五歳の時に「草苑」を創刊・主宰した。三十一歳から五十五歳まで近畿車輛に勤めていた。六十二歳で現代俳句女流賞、七十七歳で蛇笏賞、八十九歳で毎日芸術賞を受賞している。

宇多喜代子は師の死について、「その死は、死去、死没、逝去、他界、どれともちがう。永眠がもっともふさわしいと思えるものであった」と、『この世佳し――桂信子の百句』にいう。師の詩魂は、無ではなく、永遠に眠っているという思いであろう。

冬真昼わが影不意に生れたり
まひまひやほんにこの世は面白し

本重ね年を重ねていつか死ぬ

一句目の『桂信子全句集』最後の句は、死と同じ月に詠まれている。真昼、不意に見た影は体から離れた魂の姿のようである。死の三か月前には「この世は面白し」と人生を肯定的に振り返り、死の前年には洒落めかして「いつか死ぬ」と心を決めていたようだ。死後に総合誌等に発表された作品は、故人の遺志で全句集に収録されなかったため、ここでは全句集の作品に限っている。

朝に夕に落葉掃く日のなほありや
いつ遺句となるやも知れずいぼむしり
いまが死にごろか白蓮花ひらく
先の世のわからぬことは鯰に聞け
地の底の鯰に聞きたきことのあり
花散るやあの世の湖も波打てる

最後の句集『草影（そうえい）』は、八十二歳から八十八歳までの句をまとめているが、晩年の生死への思いを率直に詠んでいる。

一句目は句集最後の句であり、落葉を掃く日がまだあるかどうか問いつつもあきらめている様子である。「いつ遺句となるやも」の句は死の四年前の句であるが、すでに毎日が遺句と思い詰めていたようだ。芭蕉の辞世の句に対する精神を連想する。

「いまが死にごろか」とは面白い。八十歳の時に阪神・淡路大震災を経験している。先の世は鯰に聞けと関西人らしくユーモラスに詠む。明日のこと、未来のこと、あの世のこと、生死のことは人間にはわからないから、鯰にでも聞くほかはないと思っていたようだ。

「あの世」のイメージはこの世と連続していたようであるが、信子の詠むあの世は諧謔的である。あくまで「先の世」の真実はわからないという世界であった。

かりそめの世の水無月を過しけり
臥してなほ憶ふ句ごころ夏の夜半
亀鳴くを聞きたくて長生きをせり
初御空いよいよ命かがやきぬ
点滴の命を絞りゐるがごと
秋きたる命まるごと洗ひたし

八十代での人生、生命への思いを正直に詠む。この世はかりそめと思いつつ、臥した身でも句心は衰えていない。亀の鳴き声が聞きたくて長生きをしていると冗談めかす。亀は道教で長寿の象徴であり、「神亀」という年号があるように、亀は神であった。亀は千年生きると鳴くと道教説話にあるから、季語の本意にかなう句である。八十代半ばでも命が輝き、丸ごと洗って無心になりたいと思っていた。

寒の星忘れゐし「死」にゆきあたる

道ばたに死が来て乾く兜虫

信子が強く死を意識したのは、夫が若くして亡くなった時だろう。「死」という漢字を括弧で括り句に詠む例はほかに見ない。冬空の星の光は、日頃忘れていた「死」を思い出させる。兜虫の死は、人の死を象徴する。

信子は二十四歳で結婚したが、二年後に夫を病気で亡くした。三十四歳の時に第一句集『月光抄』、四十歳の時に第二句集『女身』を刊行し、二年間の新婚生活の思い出と夫への深い鎮魂の思いを込めた。

作者の経歴・評伝に頼らず、俳句作品はただその言葉だけで一句の良さを味わうべきだが、信子の場合は、夫の死との関係が無視できない。信子の初期の作品は橋本多佳子の影響を受けていた。若い頃の夫の死は一生を通じて句に深い影響を及ぼした。再婚せずに一生新婚の時の夫の記憶の中にいたようだ。

母の魂梅に遊んで夜は還る
海わたる魂ひとつ夜の秋
月の中わが魂いまは珠なして
くろがねの魂いだき蛇ねむる
花のなか魂遊びはじめけり
魂は売らぬ雲より雲へ月

信子の師・草城は、晩年に新興宗教に入ったが、信子の神仏への思いは、句文にはあまり見られない。神よりも魂への思いが強い。魂への思いを詠むところは、『万葉集』以来の日本人の魂観である。

亡くなった母の魂は梅を見にやってきて遊び、夜になると還っていくという鎮魂句である。

亡き魂はあの世にいったままではなく、この世に戻り遊んだあと、またあの世に戻るという霊魂観である。海を渡るという魂は、常世に帰る魂である。亡き人の魂とは異なり、生身が抱えた良心的な魂を詠む。

信子は他人に対して厳しいところがあり、「魂を売らぬ」という性格であった。

海流は夢の白桃乗せて去る
闇のなか髪ふり乱す雛もあれ
夢に見し魔神をいまに寒月夜
初夢や宙を巻きゆく蛇の舌
山霊に囲まれて居り青蜥蜴
海神より賜りしこの秋日和

野澤節子との対談（『桂信子文集』）では、魂・夢・気について語り合っている。

信子は、夢や何か不可思議なものに関心を持っていた。古代中国の道教のお札には、桃太郎にそっくりの絵が描かれ、桃の実を長寿と吉を呼ぶ果物とする信仰が渡来して日本文化に影響したが、信子の桃は海の流れに乗って常世のかなたに去る。日本の文学者が深い関心を持つ

「魂・夢・気」という概念はすでに『荘子』に説かれている。桃は道教で不老不死が得られる果物であった。

闇の中で髪をふり乱す不気味な雛を詠み、魔神や山霊や海神といった霊的なものを詠んでいる。蛇の舌が宙を巻くというのも夢の句だが想像である。

「私はどうも不思議な感じがしてね。霊みたいなものがあって、それが教えてくれるのです」と、信子は村上護との対談で語ったが、俳句と「霊」を結び付けていた。

「凛とした表情にみられる克己的かつ霊的な感性、これが桂信子の俳句を支える礎石であることを思い知らされる」と宇多喜代子は『つばくろの日々』にいい、「批評家は霊に遠い人が多いが、ものを創る作家はそうではない」という言葉を引用していた。

評論家として文化勲章を受章した小林秀雄と山本健吉が特に優れていた点は、文学の奥にこもる神々や霊の世界を語ったことである。俳句論で命・霊・魂を語ることを非難する俳人が少なくないが根本的に間違った考えであろう。技術論、表現論、季語の説明といった月並批評を書いても、例えば信子の「魔神」「山霊」「海神」の意味を意識化できなければ、批評は何の意義もないだろう。

作者の生命は神や霊とともにあることを信子の句は教えてくれる。神や霊の句をうさんくさいと批判した俳人批評家がいるが、神や霊の句を詠む俳人はむしろ率直で、心に浮かぶイメージを純粋に無為自然な気持ちで詠んでいる。唯物的・即物的な考えの俳人は月並みで平凡な句しか作れないであろう。晩年に詠む句はむしろ純粋に率直な心の思いである。

森　澄雄

行く年や妻亡き月日重ねたる

行く年や妻亡き月日重ねたる

最終句集『蒼茫』巻末の句であり、森澄雄は妻の死後も長く妻を思っていた。この句の九句前には〈美しきけふ白々と冬の雲〉があり、美しく白い雲に魂が乗って仙界に向かっていったことを読者に思わせる。句集名の「蒼茫」は、際限なく広く蒼々として深いという意味である。澄雄は大正八年（一九一九）兵庫県に生まれ、二十一歳で「寒雷」に投句、五十一歳で「杉」を創刊した。五十八歳で読売文学賞、六十九歳で蛇笏賞、七十九歳で日本藝術院賞を受賞、八十七歳で文化功労者となり、平成二十二年（二〇一〇）八月十八日、九十一歳で没した。

臥すわれに癒ゆる日のなし侘助や
平生を臨終とせる遊行の忌

平成七年、脳溢血に倒れ一級身体障害者になって以来、病床での句が多く、「癒ゆる日」のないことを覚悟していたようだ。

二句目の遊行忌とは一遍の忌日であり、一遍は平生が臨終と思っていたと詠むが、その心は毎日が辞世の句とする芭蕉と同じく、澄雄自身の思いでもあっただろう。

草餅や父母にいのちをさづかりし
いくさより生きて傘寿や菖蒲の湯
命惜しまむ冷麦のうまかりし
美しや今の老にもさくらんぼ
人の世は命つぶてや山桜
億年のなかの今生実南天

直接、命を詠んだ句である。

父母に命を授かって、二十六歳の時にはボルネオ（現マレーシア）で豪州軍と戦った経験があるが、戦争の句は詠まないと深く心に決めていた。

戦場での地獄の体験や政治的な戦争反対を詠むのではなく、今生きる命への感謝を多く詠んでいた。戦争の句を詠まなくとも俳人は誰でも戦争に反対であり、平和を愛している。平和を愛する句を多く残すことが平和を広めることではないか。戦争反対は文学に携わる人々には常識であり、俳人や歌人で戦争賛成という人に出会ったことはないが、戦争反対ばかりを言挙げする人が少なからずいる。戦争は他国との関係において起こるのであり、戦争を始めるのも戦争を回避するのも、俳人の力の及ぶ範囲外にある。過去に起こった戦争の決断は、政治家・官僚、特に外務省官僚・軍部の中の意思決定の問題であるが、国民には、意思決定の詳細は伝えられてこなかったし、メディアのジャーナリストもまた事実を伝えてこなかった。

澄雄にとって、戦地から戻り、傘寿まで生きることができた歓びが、俳句の重要なテーマであった。冷麦を味わい、さくらんぼを美しいと思い、命を惜しんで生きる生活を俳句に詠むことが貴重であった。戦争反対を俳句に詠んでいないからと非難する人は、性格的に戦闘的である。

釈迦は、論争は論争を呼び、論争は尽きることがないといい、論争をいましめた。自らの意見だけが正しいとする論争も妥協のない一つの戦争である。

澄雄は人生を「命つぶて」と思い、宇宙の創造、人類の発生以来の億年の中での今の生命は、実南天の赤い実の輝きのようにありがたいと深く思っていた。命の尊さを詠むことは、命を殺し合う戦争を否定しているのであるが、戦争反対ばかり俳句に詠む人は、平和な句を批判しがちである。

ささやかでも今の幸福を句に残さなければ、人は一生、幸せ・平和を句に詠むことはできないであろう。

龍太忌や死も近からんわれも病み
雲光るわれもいつしか鳥雲に
一葉落つわれもいつかは桐一葉
死にぎはの恍惚おもふ冬籠
あといくとせわれもたまはる仏の座
われ亡くて山べのさくら咲きにけり
美しき落葉とならん願ひあり

飯田龍太とともに、戦後の俳壇をリードしてきた澄雄にとって、龍太の死は自らの死を意識させた。鳥が雲に入るようにあの世に入り、桐の葉が落ちるように自らの生命も落ちると詠む。晩年には死の瞬間の恍惚を思い、苦しいとは思っていなかった。

死を「仏の座」とたとえている。死後も自然の美しさには変化がないと思い、美しい落ち葉のように死にたいと祈願していた。

亡き妻のあの世のこゑを春の鴉
妻のゐる仏界もいま桜かな
人間は悉皆仏利休梅

澄雄のあの世観が表現されている。
妻の魂は、あの世で生きて春の鴉の声となってこの世に表れる。あの世においても桜は咲いて、この世とあの世は自然においてつながっている。
人間を含め草木国土悉皆成仏の思想に共感を持っていた。人も梅も平等に生命・魂を持つという荘子の考えが中国の大乗仏教に影響した。近代・現代俳人で澄雄が最も荘子の自然観に共感していた。澄雄は芭蕉を尊敬し心の師と思っていたのではないか。芭蕉が尊敬した荘子を、澄雄もまた尊敬していた。

つくしんぼこれを創りしものを讃む

滝いくつ見て来し神の那智の滝

澄雄は神々の世界を俳句に詠む。つくしんぼを創った造化の神を崇めている。虚子と同じく澄雄も那智の滝を神と思っていた。

宇宙安全土(ど)神(じん)拝(をろが)む夏の雨

媽姐てふは航海の神春風裡

澄雄は長崎で育ったためか、道教の神々が句に詠まれている。

一句目には「土神は長崎市館内町唐人屋敷跡の土神堂に祀られる」との注があり、土神は「福徳正神」ともいわれ、道教の神である。この句には長い前書があり、新潟県中越地震・スマトラ島沖大地震・インド洋大津波・中国四川省大地震について「平安を祈願する」という。日本人の震災の句は、例えば自らの住む地域に限ったものがほとんどであり、東北に住む俳人が東北の大震災を詠んでも、関西の大震災をほとんど詠まない。また、俳人は日本の震災を詠むが外国の震災はほとんど詠まない。

澄雄句は、世界中の大地震についての生命の安全を中国の神に祈願した稀有な句である。

光司死に葉書残れりわが寒に
梅雨はじめ荘子はじめに鯤と鵬
読みはじめ木鶏の章荘子より
名月や吾の名づけし真人真子
常臥しの無心のわれも冬安居
常臥しのわれにもありぬ去年今年
いつの日か造化にかへる石蕗の花

一句目には「親友の老荘学者福永光司氏」との注がある。陸軍予備士官学校で老荘思想の大家・福永光司と親友になり、澄雄句には老荘の深い影響がある。芭蕉も荘子の思想に深い影響をうけて神のように尊敬していた。

孫二人の名前の「真人」「真子」の言葉は、『荘子』から直接取ったであろうという私の想像を、澄雄の死の前年に雑誌の対談で澄雄から直接確認したことがある。この対談は俳句総合誌で澄雄が登場した最後の記事であった。

澄雄には仏教についての文章が多いため、澄雄句は仏教の影響を受けていると誤解する俳人がいるが、澄雄の俳句観は仏教でも神道でもなく、老荘思想に依拠していることを、私は対談を通じて何度も直接澄雄に確認した。筆談を通じて澄雄が何度もうなずいていたことは、澄雄の最後の対談であっただけに、私の一生忘れない思い出である。

句集名「虚心」の意味について「心に何のわだかまりもない、率直な心でいること」であり、「人間はこの広大な宇宙の中の一点。人間の生もまた、永遠に流れて止まぬ時間の一点に過ぎない。句はその大きな時空の今の一瞬に永遠を言いとめる大きな遊びである。我を捨てる遊びである」と、老荘思想に基づいた人生観を述べている。美しい俳句観である。

句集『深泉』のあとがきには、「老子の無為自然を心とした」とあり、句集『遊心』には、「心を遊ばせて、一つのことに心を釘付けにしないこと。荘子の尊んだことばである」とある。

澄雄と大乗仏教の関係は、俳人評論家によって語られることはあるが、澄雄が最も影響を受けた老荘思想と関係づけることがほとんどないのは、俳人批評家が老荘思想に関心がないからであろう。澄雄や芭蕉が深い影響を受けた荘子の無為自然の思想を理解することなくして、俳諧・俳句の伝統性を語ることはできない。

芭蕉と同じく、澄雄が晩年に老荘思想を句に詠んでいたことは、今までの澄雄論で十分語られてこなかったことである。芭蕉が晩年説いた「軽み」とは、荘子の説く無為自然・造化随順・四時随順・宇宙・虚の自由な精神であったこともほとんど語られてこなかった。

澄雄が尊敬した芭蕉の「軽み」は、命の軽さを思ったのではなく、無為自然に反する人為・技巧・不自然なるものを嫌ったのであり、命を深く思えば、造化随順・四時随順の無為自然の境地に至ることを、俳句を通じて悟ったのであろう。

佐藤鬼房

明日は死ぬ花の地獄と思ふべし

佐藤鬼房は大正八年（一九一九）岩手県釜石に生まれ、平成十四年（二〇〇二）八十二歳で没した。忌日は一月十九日。塩竈市月見ヶ丘霊園に眠る。十六歳で「句と評論」に投句、渡辺白泉の通信指導を受けていた。二十一歳から二十六歳まで戦地を経験している。「風」「天狼」「海程」等を経て六十六歳で「小熊座」を創刊主宰した。三十五歳で現代俳句協会賞、七十一歳で詩歌文学館賞、七十四歳で蛇笏賞を受賞している。

翅を欠き大いなる死へ急ぐ蟻　鬼房
明日は死ぬ花の地獄と思ふべし
億万の翅が生みたる秋の風　ムツオ
花の地獄か地獄の花か我が頭上

鬼房の二句は、最終句集『愛痛きまで』以後の句であるが、鬼房を師とした高野ムツオの句集『萬の翅』の二句に影響を与えていた。鬼房句の「翅」は生命を失った死を、ムツオの「翅」は死者の魂を象徴するが、同時に「生」の終わりをも暗示している。

ムツオの「花の地獄」の句は東日本大震災の時の句であるが、ムツオは大震災の犠牲者を思う時に、鬼房の末期の句の中の「花の地獄」を思ったのではないか。俳句には極楽の文学と地獄の文学があるという意味のことをいった高浜虚子の言葉を連想する。虚子自身は極楽の文学を詠むとしたが、戦争や震災の死者の世界を詠むことは地獄の文学であろう。戦争や震災といった人の嫌がる世界、死に関係する世界は地獄の世界である。

東日本大震災以来、多くの震災俳句が詠まれ、震災を詠んだ句集が高く評価されてきた。鬼房の詠む地獄は自らの死を象徴し、ムツオの詠む地獄は他者の死の世界である。

泣虫の鬼房は死ね冬の波　　鬼房
埋火のぬくもりほどのいのちなれ
もう少し生きたい釣瓶落しかな
死なず死ねず寒食の雨聞いてゐる
年首荘厳死もまた然り死は怖し

死の前年から二年前の句を逆年順に並べた。

めめしく死を考えるのであれば死んでしまえと、自らに言い聞かせている。

埋火のぬくもりのような魂の暖かさを感じ、まだ少し生きていたいと望む。「釣瓶落し」はもうすぐやってくる突然の死を暗示していた。

自らの意志では死ぬことはないが、まだ死ねないといい、やはり死を恐ろしいとも思っていたようだ。

切株があり愚直の斧があり
死に場所のない藻がらみの俺は雑魚（ざこ）
赤光の星になりたい穀潰
おろかゆゑおのれを愛す桐の花
がらくたの余生の冬と思へりき
朝露のきらり瑠璃いろ生きたしや
いつの世の修羅とも知れず春みぞれ

愚直は鬼房の自画像であるが、卑下した思いではない。愚直に生き、愚直に詠んだ句を残した。愚直の斧は、大きな物を裂くには鋭い刀では役に立たないという荘子の教えを連想する。自らを海藻に絡まれた雑魚のような者とも思う。自らを穀潰といい、赤光の星にあこがれ、星の光の永遠性を希求した。自分を愚かと思うゆえに自分をいとおしいと思う。がらくたのような人生と思いつつ、朝霧の輝きを見れば生きたいと思う。鬼房には、謙虚に生きたいと思う意識が強い。

老残や時を超えたる花であれ
雲に乗りたしさくさくと水菜嚙み
蝦蟇よわれ混沌として存(ながら)へん
羽化のわれならずや虹を消しゐるは
北冥ニ魚有リ盲ヒ死齢越ユ
鉛筆を握りて蝶の夢を見る
音速を絶ち神神のひかり苔
石抱いて桜の下に死ぬおもひ
あこがれのたましひ宿れ山桜

鬼房は老いを意識しながらも、俳句という詩での永遠性を求めた。自分への不満から吹っ切れた境地にあり、死の恐怖を超えた境地である。仙人の境地に近いものを求めていた。時を超えるとは永遠性を求めることである。

水菜を嚙みながら仙人のように雲に乗りたいと詠む。

鬼房が荘子の死生観の思想・精神の影響を受けていたことはあまり語られてこなかった。「渾沌として存へん」「羽化」「北冥ニ魚アリ」「蝶の夢」といった言葉は、明瞭に荘子の言葉である。芭蕉が神のように最も尊敬したのは荘子であったことを連想させる。

日本にまだ文字も文学もなかった二千数百年前に、荘子は、人間の平等、戦争反対、この世での成功・名誉や政治権力の無意味さを、世界で最初に文章にして説いた思想家であった。無為自然というのは何もしないで寝ていることではなく、造化宇宙・自然の生命（道）と人の生命が一体になることであり、詩歌の本質に通っていた。無為でない、人為的で不自然な行動は、戦争に結び付くと考えた。無為自然の思想は、中国に隠遁思想を生み出した。隠遁しなければ政治的に殺されかねない時代である。国が戦争中に戦争反対を唱えれば殺される時代である。

鬼房は恵まれない人生や苦しい生活からか、変身願望を持っていたようだ。西行佐藤義清の『山家集』を読んで、桜の木の下に死にたいと思っていた。一般にいう伝統俳句以上に、鬼房の句は本質的で深い伝統性を持つ。

熊襲国栖土蜘蛛蝦夷蛸薬師
まつろはぬものの非運や秋の風
アテルイはわが誇りなり未草（ひつじぐさ）
蝦夷の裔にて木枯をふりかぶる
縄文の漁（すなどり）が見ゆ藻屑の火
毛皮はぐ日中桜満開に
まぼろしのまたぎは祖父や蕗の薹
みちのくは底知れぬ国大熊（おやぢ）生く
持統陵われは竹取翁なり

鬼房には権力に虐げられた人々への共感がある。病気や貧しさに苦しんだ人生を経験して、虐げられた人々への共感・鎮魂の思いを詠んでいた。「私はもっと歴史的、人間的地盤のからみあう風土が詠われていいわけだと思うし、俳句の形式に即して歴史的な時間性を収縮して形象すれば、風土が空間的に有機的な働きをもってくる筈である」と、鬼房は風土の中の歴史を詠んだ。

花が咲く日中に山に入り動物を殺し、毛皮をはぐ仕事をしている人がいることを鬼房は詠む。鬼房の祖父はまたぎであった。詩魂の中には、歴史の中で流された祖先の血と霊がある。

舞初の胸乳の張れる巫女ならん
秘仏とは女体なるべし稲の花
地に帰る雪の精こそわがをんな

老残の身における女体願望の句である。胸が張る巫女への関心を詠み、秘仏とは女体に違いないと思い、年を取っても異性への関心を持っていた。雪の精は雪女であり、想像上の女性への憧れである。鬼房は母体の胎内回帰への願望を秘めていた。諧謔性も忘れなかった。

鬼房には、率直に心を表現した句があることは再評価されるべきところである。

野澤節子

――牡丹雪しばらく息をつがぬまま

野澤節子は大正九年（一九二〇）横浜市に生まれ、平成七年（一九九五）四月九日、七十五歳で没した。三十五歳で現代俳句協会賞、五十一歳で読売文学賞を受賞している。

平成二十七年（二〇一五）に『野澤節子全句集』が、当時の「蘭」主宰・松浦加古たちの努力で刊行され、節子句の全貌を知ることができるようになった。全句集の良さは、例えば節子が俳句人生を通してどのような死生観を持っていたのかが、具体的な作品から理解できることである。

節子の句を高く評価した評論家は山本健吉である。山本健吉の評価によって、節子は自らの俳句への思いを深くしたのではないか。「選は創作」と高浜虚子がいったが、むしろ「評論は創作」といった方が適切である。

俳人が俳句作品を作った時点では、いい句かどうかの判断は作者本人にはわかり難いが、その作品が優れた評論家に批評されることで作品の評価が定まる。

虚子は初期の頃には、選と同時に長い文章を書いて、例えば原石鼎・飯田蛇笏たちを世に出した。優れた評論家が優れた俳人を正当に評価して、俳人の人生を創作していく。全句集が刊行されただけでは故人の俳句が評価されることは難しく、後世の優れた俳人論・作品論によって評価が定着されていく。

ここでは辞世の句が主たるテーマであるため、節子の晩年の死生観に限りたい。命を思う句は節子の特徴である。

山本健吉は「『定本未明音』について」の文で、「私が野澤さんの句から受取るものは、趣味嗜好ではなく、いのちの志すところである」「猛獣のやうな原初のいのちの志向である」と述べている。山本が一生をかけて求めたのは、文学のジャンルを問わず命の文学であった。命に触れることのない人為的・人工的な表現技術だけの新しさを求めた俳句を嫌ったため、山本を非難する俳人が少なくなかったようだ。

節子が命について、「人一倍いのちへの執着があった」「生かされているいのちの真実」「内なる声に従い、いのちの奔り出るままに一誌を興した」と述べているのは、山本の評価に応えた思いであった。しかし命とは何かを理解することは容易ではなく、作品を通じて理解するほかはない。

命という言葉を詠んだ句は、全句集において二十句以上あるが多いとはいえない。節子の死生観を見るため、全句集の最後の句から逆年順に引用したい。

命への思いは年とともに深まっていたようである。

牡丹雪しばらく息をつがぬまま
長き夜のかくも短かし生き急くな
ちちははの齢は越せず柿の穹
たがためのいのち酷暑に継がむとす

一句目は全句集最後の句である。この句だけでは、牡丹雪に見とれてしばらくは息もしないほどであったという意味に解釈できるが、病気のため息をするのが苦しい時期であったというから、実際息ができなかったことを詠んでいるようだ。

節子は雪が大好きで「雪の清浄な美意識のうしろに死が潜むからである」と『螢袋の花』にいい、雪に死を感じていたことは節子に固有の心の働きのようである。

他の三句は死の前年七十四歳の時の句であり、「ちちははの齢は越せず」と詠む。節子の父は七十九歳、母は八十四歳で亡くなっているから、父の年齢までのあと五年を生きることができないと予言していたかのようだ。

「生き急くな」あるいは〈たがためのいのち酷暑に継がむとす〉と思っていたが、命はあと一年しかなかった。

寒晴の青をいただくいのちかな

晩夏光生きる限りの身養生

冬夕焼また生くること宥されて

節子の死の二年前から四年前の句である。

晴れた青い空を見ることができたという、恩寵のような命の喜びである。懸命に養生して生きている様子である。病気が治った後の句であろう。何か意志を超えたものによって生きることが宥されているという思いが表れる。「宥されて」というのは、造化の神的なものによって宥されるということ以外に考えられない。何かによって生かされている思いである。生も死も思うままにならず、人を超えた何ものかによって生きることを宥されている。人は皆、自らの意志だけで生きているのではなく、何か自分を超えたものによって生きることを宥されているのではないか。

石山の石をいのちの蔦紅葉

初鴉いよよはなやぐいのちとも

いのちあかあか夜寒眼鏡のうち曇る

節子は多くの書物を読み、自らの精神の糧としていたと思われる句である。これほど先人の句歌を本歌にして本質的な句をうまく詠むことができた俳人は稀である。

六十五歳の頃には、芭蕉の〈石山の石より白し秋の風〉を踏まえて、命の思いを詠んでいる。蔦紅葉が石にすがって生きている様子に、自らの命の紅葉を思った。

六十一歳の頃には、岡本かの子の歌〈年々のわが悲しみは深くしていよよ華やぐいのちなりけり〉を意識しつつ、節子自身心の底から生きる喜びと華やぎを感じていた。病気と悲しみに満ちた半生を思い、命は輝きを増していた。表面的な本歌どりではなく、本歌の本意を正しく汲み取っての俳句化である。かの子の歌を読んでいなければこの句の良さはわからない。

若い三十五歳の頃は、斎藤茂吉の歌〈あかあかと一本の道とほりたりたまきはる我が命なりけり〉の「いのち」と「あかあか」を自らの生命観としていた。眼鏡が曇るという具体的な描写が生命の喜びを増している。先人の句歌の本質を自らの句の命としていた。

葉桜や大き喪の空垂れにけり

たれか病みたれかが死にき俄雪

弥生三月生れて病みて老うるとき

枯木に日死は何ごともなきやうに

一句目は六十八歳の時の山本健吉への追悼句である。山本に高く評価された節子に、山本の死は大きな喪の思いであった。同じ年には亡くなる人が多く、誰か病み誰か死ぬという無常が詠まれている。六十七歳の節子の誕生日には、病気になって老いてゆく人生を思っていた。六十六歳の時にはすでに死に対して諦観を持っていた。

節子の句はまさに、毎日が辞世の句の思いで詠まれていた。

飯田龍太
――山青し骸見せざる獣にも

山青し骸（むくろ）見せざる獣にも

飯田龍太は大正九年（一九二〇）山梨県に生まれ、國學院大學在学中より父・蛇笏の主宰する「雲母」に所属し、四十二歳で「雲母」主宰を継承した。四十八歳で読売文学賞、六十歳で日本藝術院賞恩賜賞を受賞し、六十四歳で日本藝術院会員となり、平成十九年（二〇〇七）二月二十五日、八十六歳で没した。平成四年、七十二歳の時に主宰であった「雲母」を終刊した。終刊後十五年間句を発表せず、俳壇と関係を絶っていたという。

私ごとだが、龍太の死の前年、拙著『句品の輝き』の龍太論に葉書をいただいた。俳壇と関係を絶っていたといわれていたから驚きであった。その後十年以上、文章を書く時の心の宝・支えとなっている。龍太に褒められて成長した俳人も少なくないようだ。

引用句は、終刊号巻頭九句の中では死を暗示させる。獣が自らの死骸を見せずに死ぬことを意識している。生きている動物にも、死骸となった動物にも、山はいつも青く美しい。龍太も、その山の中に骸となり埋められると無意識に思い、誰にも知られずひそかに死にたいと思っていたようだ。祝賀会や記念会の類を嫌う性格であったといい、「雲母」でもそういう会は少なかったという。「雲母」を閉じた理由にも関係していよう。

同じ終刊の年の句〈眠る獣目覚めの獣と雪の夜を〉においても、「獣」を詠み、自らの姿を無意識に反映させていた。死骸を見せないという言葉に龍太の人生観が込められている。

「詩は無名がいい」と龍太が言ったのも、自らの名前を消して作品だけが残ればいいという謙虚な思いである。「雲母」を七十二歳で閉じた思いに通う。俳壇活動や宣伝活動をしない謙虚な人生であったようだ。〈草紅葉骨壺は極小がよし〉の句も龍太の謙虚な性格を表している。

またもとのおのれにもどり夕焼中

終刊号の句の中では、この句がよく引用される。「雲母」を終刊させたことによって、結社や俳句と縁を切り、釈迢空（折口信夫）に惹かれ國學院大學に入った頃の初心に戻ると思っていたのではないか。

蛇岩に垂れ水光は夏のいのち
仕事よりいのちおもへと春の山
秋の蟬生死草木と異ならず
冬の川仏事おほかたうとましき

龍太は十九歳の時に大学に入学し、翌年右肺浸潤で休学し、二十二歳で右肋骨カリエスを手術している。兄三人を亡くし、三十六歳で次女を失い、四十二歳で父・蛇笏を亡くし、「雲母」を継いだことは死生観に深い影響を与えたであろう。

龍太は真剣な「いのち」の思いを句に詠んだ。

五十二歳の頃には水光を夏の命と思っていた。生物ではなく水や光そのものを命と思うアニミストであった。

六十六歳の頃には、仕事より命が大切と考えていた。「雲母」を閉じたのも、命が大切だと思ったからのようだ。結社の主宰の仕事は、多くの会員を抱えて大変であろう。会員一人一人の句とつきあっていれば、自らの俳句に打ち込む時間が少なくなっていくようだ。

蟬の命も人の命も草木の命と同じ命だと思う荘子的なアニミストである。六十九歳の頃には仏事や人間関係を煩わしいと思っていたことも、芭蕉や荘子に似たところがある。体が弱かったからでもあろう。無理をすれば死を早めると思っていたのではないか。

一月の川一月の谷の中

「一月の川」の句は龍太の命の絶唱である。

「谷の中」の意味を、龍太の魂の中の故郷に入って理解した人は少ない。

四季・一年の始まりの生命の源は谷の中に生まれ、川の水となって生き物の命をはぐくむ。

飯田龍太の人生と一生の句は、一月の谷の中から生まれた。この句は龍太の生命世界に入る門への踏み絵の句である。龍太には「何々の中」という言葉が多いと統計を取った人がいたが、統計では詩歌を理解できない。統計を取るのはコンピュータと同じ単純計算の仕事である。純粋読者としての人は心を持ち、作者の心を理解しようとする。

読者の心に作用を及ぼした作者の心を推し量ることが批評の始まりである。「谷の中」とは何かを直観することが俳句鑑賞である。

龍太はこの句について自ら、「幼児から馴染んだ川に対して、自分の力量をこえた何かが宿し得た」という。「自分の力量をこえた何か」というのは龍太を理解するうえで極めて大切な言葉であり、批評家は無視することができない。統計的批判で、龍太に宿った何かを理解することはできない。

一月の川と谷は、生まれた土地の谷であり川である。「自分の力量をこえた何か」とは何か。「宿し得た」ものとは何か。大岡信は「宙に浮いていて、同時に谷の中を流れているのが、『一月の川』というものなのだ。この句はそういう直観的把握を伝えてくる」といい、「一、月、川、谷、中」の漢字の効果が「この句の生命に深く関わっている」というところが多くの評論では最も説得力があったが、大岡も「自分の力量をこえた何か」とは何か、「宿し得た」ものとは何か、を説明しきれないようだ。

龍太の句の生命の宇宙は、年の初めの一月の川に始まり、一月の谷の中の世界として詠まれ、龍太にはそこが命の始まりであり、また命の終わりとしての宿命を悟った故郷であった。人生も文学も、すべてが一月の谷の中の一月の川とともに流れるという、いわば無我無心の悟りのような境地でなければ、作者が「自分の力量をこえた何かが宿し得た」とはいえない。

谷の中とは、母なる生命誕生の源であった。老子のいう「谷神」に通う。谷とは生命が満ちている器である。川は谷より流れる、生命の水の流れである。谷には神が、川にも神がいた古代の生命思想が龍太の句にこもる。

龍太の師・折口信夫の無内容詩歌論を実作で徹底したようだ。龍太を批判し非難する評論に共通するのは、その無私、無内容への苛立ちであった。

いきいきと三月生る雲の奥

露草も露のちからの花ひらく

「三月の雲の白さは素晴らしい」と龍太がいうように、山国に待望の春が来る。露という水の力が露草の生命を育てている。

龍太の多くの秀句は、山国・甲斐の中の生命讃歌の句である。一月であれ、三月であれ、それぞれの月にはその月に固有の自然への思いが生じた。山本健吉が高く評価した龍太や澄雄に共通するのは、生命讃歌・生命肯定の句である。

薺粥仮の世の雪舞ひそめし

五十八歳の頃にはこの現世を「仮の世」と詠み、生きる俗世に乖離を感じていた。

亡きものはなし冬の星鎖(ほしさ)をなせど

菊白し安らかな死は長寿のみ

公魚（わかさぎ）の眼おのれの死を知らず
春眠の顔のぞき去る死魔ありし

龍太は多くの悲しい死に会っていた。

三十三歳の頃には、星座を見ると亡くなった肉親や三人の兄を思い出すと自解にいう。「亡きものはなし」という思いがこの世を仮の世と思わせたようだ。星が亡き人の魂を思い出させる。星が詩歌魂の象徴である東洋の伝統を抱えている。

六十一歳の頃には安らかな死と長寿を望んでいた。六十四歳の頃には、釣ったわかさぎは自らの死を知らない眼をしていると詠む。生きている時の生き物は死を知らないと思っている。

六十五歳の頃には、春眠の顔をのぞいて去る「死魔」があると感じていた。

龍太の感性には、何か魔的なところ、不思議なところがあるが、あまり語られてこなかったようだ。

短日やこころ澄まねば山澄まず

五十四歳の頃には、心と風景の関係について詠んでいた。

山や自然が澄んでいるのは心が澄んでいるからだ、という主観を大切にしていた。月並写生の俳人にとって山はただの山であり、主観と写生は別だという考えであるが、風景を見る時には誰も自らの主観で見ざるをえない。龍太の深い主観によって、山・自然は澄んでくる。

冬茜かの魂はいま闇の中
夜も昼も魂さまよへる露のなか
月の夜のきのこに魂のひとつづつ
斑雪山魂のいろいろ宙に充ち
凍蝶の魂（たま）さまよへる草の中

心を大切に思う俳人は、魂を深く意識する。六十一歳の頃には、亡き魂を闇の中に感じた。六十三歳の頃には、夜も昼も魂がさまよっていることを高野山で感じた。死者の魂を感じる心を持っていた。六十四歳にはきのこには魂があると思い、六十五歳ではいろいろな魂が宙に充ちているように感じ、六十六歳には草の中でさまよう凍蝶の魂を詠む。

海きらめくは神の目か蝶の眼か
月読の神の遊べる遍路道
詩神の魂遁げてゆく卯波かな
薄衣五体祈りのこゑに充つ

命、死、心、魂を、深く思い感じていた龍太は、神を思う。六十五歳では不思議な神の目の句を詠んでいる。海のきらめく風景に、神の目と蝶の眼を感じた句は不思議な句であり、意味は難解である。六十七歳では月の輝きに月読の神の遊びを思い、六十九歳では卯波に追われる詩神の魂を思う。七十歳では五体のすべてが祈りの声に充ちていると詠む。神的なものへの深い祈りを詠んだ。

どの句をとっても龍太の見えない祈りの心がこもっている。七十二歳の時、すでに辞世句に近い句を詠んでしまっていたから、その後八十六歳までの十四年間、もう俳句を詠む必然性はなかったのではないか。俳句史上、稀有な判断をした俳人であろう。

上田三四二

くるしみの身の洞いでてやすらへと神の言葉もきこゆべくなりぬ

上田三四二は大正十二年（一九二三）兵庫県に生まれ、平成元年（一九八九）六十五歳で没した。歌人・小説家・文芸評論家であり、三分野のすべてにおいて高く評価された。

三十一歳での現代短歌評論賞をはじめとして、群像新人文学賞評論部門、短歌研究賞、迢空賞、亀井勝一郎賞、読売文学賞、芸術選奨文部大臣賞、野間文芸賞、日本藝術院賞、川端康成文学賞を受賞している。もっと長く生きていたら文化功労者となっていてもおかしくはない受賞歴である。山本健吉が最も尊敬した文芸批評家の小林秀雄に似た洞察力と直観力を持っていた。

一方、輝かしい受賞歴と並行して生涯にわたり病気に苦しんだ。

十九歳の時に神経衰弱で大学を休学、二十六歳の時に左鎖骨下浸潤のため入院、四十二歳の時に結腸癌で手術、四十八歳の時に自律神経失調症で休職、六十一歳の時に膀胱前立腺摘除、六十二歳の時に胸椎への放射線治療、六十四歳の時には入退院をして、六十五歳で没した。

三四二は一生のうち約二十年間を癌に苦しんだが、病気の苦しみを直接詠まず、むしろ生きている喜びを多く歌った。河野裕子は癌で苦しみ、毎日、辞世の歌を詠んだ歌人であるが、癌の苦しみを多く歌った点で三四二とは対照的である。

三四二は病気に苦しみ、生命と死について深く考えることにり、優れた歌・評論・小説を残すことができた。三四二は、かつて歌人のアンケートで、最も好きな歌人に挙げられていた。心やさしく、わかりやすく、命の絶唱を多く残した稀有の歌人であった。文学者の中では、最も深く死生について深く考えた一人である。深く思うと文章・句歌は平明になる。

くるしみの身の洞(うろ)いでてやすらへと神の言葉もきこゆべくなりぬ
睡りとはからだを神にかへすことこころは夢ににごりてあれど

一首目は亡くなる六十五歳の時の歌であり、最期の命の絶唱である。

二首目は六十四歳の時の歌であり、体を神にかえすことを「睡り」と詠む。死は睡りのようなものである。仏教に関心を持って優れた評論を残したけれども、人生の最後には「神の言葉」を聞いていた。既存の特定の宗派を信じたのではなく、三四二に固有の神であろう。癌に侵された体の洞を出るというのは魂である。死とは、魂が体を出て安らうことであるというのは、荘子のいう魂の働きに近い。神というのも、西洋的な自然の外にある絶対神ではなく、荘子的な造化自然の神、自然そのままが神であろう。

知りがたしつひの身はつひの心にて後世(ごせ)たのまぬと言ひきりしかど
仏前に鉦鳴らしひとを呼べとか魂(たま)ありとしもわれはおもはず

三四二は、死後の魂の実在は信じていないと評論集に述べる。短歌作品では、死後の世界の「後世」は信じてはいないけれども「知りがたし」と詠んでいる。否定はしない不可知論者であろう。カントのように宗教的存在を冷静に考えていた。

遺志により葬儀はこれを行はずふかくおもひていまだも言はず
二人子にむきて言ひおよびゆく言葉葬儀なきはふり戒名なき墓石

六十一歳、六十二歳の時の歌であり、三四二の葬儀に対する考えが詠まれている。葬儀は行わないこと、墓には戒名を入れないことであった。仏教について深く考えたけれども、彼は、僧侶による葬儀はせず無宗教であった。歌人による葬儀では、僧侶の読経の代わりに、馬場あき子が三四二の歌を朗読したと藤井常世から聞いたことがある。
釈迦も親鸞も葬儀や墓を否定した。焼いた後の骨は川に流せばよいという考えであった。仏教と葬儀や墓はもともと無関係であったが、中国で道教神道の祖霊信仰の影響をうけて、日本の仏教は葬式宗教となっている。葬儀は死者のためというよりも、残された人のためであろう。死んだ後に葬儀がされているかは死者にはわからないことである。葬儀は死者が本当に死んだことを遺された人々が実感する儀式、亡き人の魂を記憶にとどめる鎮魂の儀式ではないか。

死はそこに抗ひがたく立つゆゑに生きてゐる一日（ひとひ）一日はいづみ

四十二歳での最初の手術後の歌である。死が近くにせまっていることを感じるがゆえに、生きている毎日を、「いづみ」と詠む。「いづみ」は生命の湧く井戸の水である。水は生命の象徴である。生きている喜びを表現している。

咳ひとつ疼痛は背をつらぬきて脚（きやく）震動す悲鳴とともに
ちかき死をおもふおそれは目覚めたる幾重の闇のなかにするどし

最後の手術の頃には、体の耐えがたい痛みや死への恐れをそのままに詠むが、数は少ない。痛みだけを誇張して詠むことはせず、闇の中に死を思っていた。

みめぐみは蜜濃(こま)やかにうつしみに藍ふかき空ゆしたたるひかり
よみがへりたる身にきよき新秋の天(あめ)のひかりは胸のうへに落つ

歌集『照徑』の中の命の絶唱である。六十一歳の時の手術後の歌である。「うつしみ」は手術した体であり、「したたるひかり」「天のひかり」は生命の象徴である。「よみがへりたる」とは、手術の麻酔が切れてこの世を再び感じたことである。うつし身と、光という生命の対比が美しく歌われている。

ちる花はかずかぎりなしことごとく光をひきて谷にゆくかも
呼ばふとも甲斐なきものをひさかたのあめの光は花のうへに差す
中千本上千本の花のふぶきひとつまぼろしを伴ひゆけば
吉野山花どきおそき夕まぐれここに葬るべきこころひとつを

歌集『湧井』の「花信」にある歌で、一首目は代表歌である。四十五歳の時に吉野を訪れ詠んだ。表面的には桜の花の写生であるが、ある女人が亡くなり鎮魂のために吉野を訪れていた。「呼ばふ」とは亡き魂をこの世に戻す古代道教の儀式である。散る桜は女人の命であろう。「ひとつまぼろし」は女人のまぼろしである。「葬るべきこころひとつ」とは、思いを寄せたことのある女性の思い出の心を、その死とともに吉野で絶ったのであろう。

三四二には光の歌が多い。「光」は命を象徴する。

たましひのよろこびのごと宵闇の庭にくちなしの花暮れのこる

十一時間の手術のあひだたましひはいづくにありしありていま笑ふ

垢穢（くゑ）の臓のぞきたる身に魂かへりなほいくとせかわがありぬべし

飲むみづの身にあまくしてたましひはいづくみ山のいづみさまよふ

三四二の歌には「魂」の言葉が見られるが、死後もこの世に実在する幽霊のような魂ではない。

一首目の「たましひ」は、体から離れる魂ではなく、心に近い意味である。体と心の中に抱えている詩魂がくちなしの花に会ったよろこびである。

手術の後に詠まれた歌では、手術の間、いったい魂はどこにいたのであろうかという疑問を歌う。二首目では、全身麻酔をしている間の意識の感覚を魂と呼んでいるようだ。三首目でも、手術の後、麻酔が切れた時に戻ってきた意識を「魂かへり」と詠む。四首目は、手術後の歌にしては状況が読み取りにくいが、自意識ではなく、体を離れた魂を詠んでいる。三四二の詠む魂の概念は、一般の日本人が考える魂の意味に近いのではないか。三四二の詠む魂は、死後に生前と同じような体を持った魂に生まれ変わるような魂ではない。天国や浄土で暮らす魂ではない。

「神つまる」は光つまるにて降りそそぐおびただしき光子その量子量

死の前年の歌である。やさしい歌群の中の難解な歌であるが、三四二の思想の本質であった。今までほとんどの三四二論が引用しなかった歌である。三四二は医者であり、科学と宗教の関係について深く考えていた。神と光の共通性を詠む。多くの宗教において神は光にたとえられるが、光は神となり、神は突き詰めれば光となる。地球上の生物の生命の根源を遡ればビッグバンの光となる。人の食物も元は光のエネルギーであり、命の根源も光である造化宇宙の真理を詠んでいた。

「詩歌の言葉は光」と歌集『照徑』あとがきにいう。言葉が光であるということは、生命が光であることと同じである。死は光が消えた闇の状態である。

河野裕子

ああ生きたい

戦後に生まれ特異な晩年を体験した歌人の辞世の歌を取り上げたい。

癌が転移して手術もできず、死を宣告されたような状態で、副作用の強い抗癌剤に苦しみながら、毎日歌を詠むほかはなかった歌人・河野裕子である。まさに毎日が辞世の歌であったが、長い月日の間、死だけを意識した歌人には辞世の言葉という思いはあてはまらない。

遺歌集『蟬声』は、亡くなる前の約一年間の歌をまとめたものだが、毎日の率直な思いが詠まれている。裕子によく似た例は江國滋である。食道癌の告知を受けてから六か月後六十二歳で亡くなるまで俳句を毎日詠んでいた江國を拙著『文人たちの俳句』で取り上げたが、死を覚悟して毎日詠まれた句歌を読むのは痛ましい。

裕子は昭和二十一年（一九四六）熊本県に生まれ、平成二十二年（二〇一〇）八月十二日、六十四歳で没した。

十八歳で歌誌「コスモス」に入会、二十三歳で角川短歌賞を受賞し、現代歌人協会賞、河野愛子賞、迢空賞等々多くの受賞歴がある。受賞歴の面からは、戦後生まれの歌人では最も高く評価された歌人の一人であろう。

八年半転移を待ちゐし細胞が肝臓にあり増殖しゆく
治療法あらざるままに九年経ぬ胸と左背の痛み灼けつく
髪も眉もまつげも脱けますよ　それぢやあ私は何になるのか

五十四歳の時に乳癌が見つかり手術をし、放射線治療をしたが、線維化して予後の状態が悪く、左半分の身体が痺れて痛みを感じていた。

夫の永田和宏は『歌に私は泣くだらう　妻・河野裕子　闘病の十年』に、闘病の十年間を記述している。家族が苦しみを理解していないと裕子は不満を持ち、「あんたのせいで、こうなった」と夫に不満をぶつけ、黙って家出をし、攻撃的な精神状態であったという。入眠障害のため、副作用のある睡眠導入剤を酒と一緒に飲んでいたのが精神的にはよくなかったようだ。

夫を責める言葉を繰り返すので、永田は椅子をテレビに投げつけ、花瓶を叩き割り、トイレの扉を蹴破ったという修羅場を経験していた。

『評伝・河野裕子』で長男の永田淳は、「頭で病気を理解し、最善策を見出そうとする父と、もっと生身の触れ合いを求めた母、結局母の暴力的な発作の一番の原因は、二人のこの齟齬にあったのかもしれない」と、冷静な分析をしている。

裕子が食卓に出刃包丁を突き立てたり、包丁を夫の喉元に突きつけて罵ることもあったという。夫と息子が伝える裕子の晩年は、読者には想像もできなかった驚愕的な内容である。

手術から八年後、六十二歳の時に転移が見つかった。再発転移により抗癌剤治療が始まり、分裂活動が盛んな正常な細胞もダメージを受け、脱毛が始まる。裕子は、髪も眉もまつげも抜けた私はいったい何なのかと問うている。抗癌剤という最新の薬が体を蝕む医学・薬学とはいったい何であろうか。

泣くのなんかやめてしまつた筈なのに十歳の櫂を抱きしめる　ああ生きたい
歌をつくり誤魔化してゐるだけ　現状は・・・日々に痩せゆく生身一体（なまみいつたい）
文献に癌細胞を読み続け私の癌には触れざり君は

十歳の孫を抱きながら、「ああ生きたい」とつぶやく言葉は、死の前の切実な言葉である。歌を詠むのは癌という事実を誤魔化しているだけだと詠む。夫・永田和宏は、細胞の研究者であり歌人でもあった。細胞を専門に研究しても、妻の病気に対して何もできない夫の学問とはいったい何なのかと裕子は思っていたようだ。癌になる理由もはっきりと分析できず、癌を治す方法もない医学・科学はいったい何であるのかということを切実に考えさせる句である。

歌人として成功した夫婦は幸福な人生だと、読者は勝手に想像しがちであるが、裕子の五十四歳からの十年間は壮絶な人生であったと歌から教えられた。

みほとけよ祈らせ給へあまりにも短かきこの世を過ぎゆくわれに

みほとけに縋りてならずみほとけは祈るものなりひとり徒ゆく

裕子はもともと神仏に信心深いというタイプではなかったが、亡くなる年に訪れた寂光院では長く祈ったと、永田は伝えている。

室生寺を訪れた時には、仏とはすがらず祈るものだと詠んでいる。癌の手術をして死を意識して以来、日頃は神仏への祈りも空しいと思っていたにもかかわらず、少しでも長く生きることを祈る日もあったようだ。

裕子の歌には戦前生まれの、例えば、上田三四二、前登志夫といった優れた歌人が持つ霊性・神性・宗教性への関心が見られないのは不思議であるが、死をはっきりと意識した歌人の最期の歌として、「ほとけ」と「いのり」の歌を詠まざるをえなかった。

考へても仕様がないんだ転移してまた転移して喰はれゆくこの身

生きて死ぬ短い一生（ひとよ）は何でせう掌（て）の綿虫ふつと一息に吹く

しがみついて生きてゐたくはあらざれど一生（ひとよ）を生き切りことばは残す

死より深き沈黙は無し今の今なま身のことばを摑んでおかねば

ほんたうに短かかりしよこの生は正福寺のさくら高遠（たかとほ）のさくら

もう一度のこの世は思はずきつぱりと書いてゆくのみ追伸不要

誰もみな死ぬものなれど一日（ひとひ）一日（ひとひ）死までの時間が立ちあがりくる

裕子は転移について考えることを諦め、短い人生と諦め、歌を残すことだけだと思い詰めていた。

八十代で亡くなれば長寿であるが、六十代であれば短命となる。二十年の差は六十代にとって大きな数字であろう。

六十四まで生きえしこの身をよしとせむ生（うま）れ月七月は黄瓜の匂ひす

なつかしいこの世のとぢめに何を言ふお休みあなたもあなたもお休み

手おくれであつたのだがしかし悔いるまい生き切るべし残りし生を
こんなにもベッドの時間は長いのに長くはあらぬ死までの時間

死を覚悟し、六十四歳まで生きることができた人生を懐かしく思い、もう悔いることはないと肯定的な精神に変化してきている。

言葉はすぐこはれてしまふ　死なない死なないとわれを励ます
八月に私は死ぬのか朝夕のわかちもわかぬ蟬の声降る
手をのべてあなたとあなたに触れたきに息が足りないこの世の息が

死の直前には、歌を残そうとしても、歌としての言葉がもう成り立たない様子である。歌の言葉が裕子の命そのものであった。朝夕の区別もつかない状態で、裕子は蟬の声だけを聞いている。辞世の歌というよりも、生きるための息ができないという事実だけが詠まれた最後の歌である。評論・批評・解釈・評価が成立しない歌である。命とは、ただ歌の言葉そのものであった。

きけ　わだつみのこえ

若い魂の最期の叫び

菜の花や今日は万里の泣き別れ　中尾武徳

雷(いかずち)をききて彼岸を過しけり　片井　澄

柿の皮さらさら剝(む)けて母恋し　竹田喜義

ひっかぶる夜(よ)寒(さむ)の床の泪(なみだ)かな　稲垣光夫

暗き雨今日も祈りぬ我が家の幸(さち)を　横山末繁

この朝け遺言状など書きおりし戦友なりしかな泪(なみだ)にじみ来　竹村孝一

喜びもはた悲しみも何かせん／この一瞬(ひととき)を幸とこそ知れ　筒井　厚

デング熱に身体痛めば苦しさについ名を呼びぬ椰子(やし)を打つ風　榊原大三

かくてこそ人も果てなむ爆雷に打たれし魚数多(あまた)浮きおり　馬場充貴

爆音を壕中にして歌つくるあわれ吾(わ)が春今つきんとす　蜂谷博史

人は生れ、人は苦しみ、人は死ぬ

上村元太

本書の連載を始めた平成二十七年（二〇一五）は敗戦後七十年である。戦後の日本は、表面的には約七十年間戦争がなく平和な時代である。俳諧が広まった江戸時代も徳川体制下で平和な時代であった。

平和な時代においては辞世の句歌を詠む必然性はほとんどない。辞世の句歌が止むなく詠まれたのは、太平洋戦争の最中であった。

一九四九年に『きけ　わだつみのこえ』という戦没学生の手記が発行されて、当時大きな感動をもたらした。二十代前半の若い学生が死ぬ前に書き残した手記は、七十年経った今でも感動を呼ぶ。戦没者の手記だから遺言に近く、詠まれたのは辞世の句歌である。手記を書いた時点で死を覚悟し、結果的に辞世となっている。

一一〇人をこえる戦没者の手記が掲載される中で、俳句を詠んだ人は短歌を残した人に比べて大変少ない。明日の死を覚悟していた兵は、短い俳句よりも短歌の方が詠みやすいと思ったのではないか。音数において、十七音の俳句は三十一音の短歌の半分に近く、死の前の心の思いは俳句では伝え切れず短歌の方が向いていたのであろう。ただ、俳句を辞世の言葉として選んだ学生がいたことは興味深い。

二十二歳の東大生であった中尾は菜の花の季節での別れに泣く。

片井は彼岸の日に雷雨の中で母の霊を思っている。

竹田は句の中で母を「恋し」と詠む。

稲垣は国内の病院で病死した。手記の中の文「私は白い枕に頬を押しあて悲しがっていた」ことを句にしたようだ。

横山は手記の中で、芭蕉の句〈あかあかと日はつれなくも秋の風〉の気持がよくわかるといい「心に冷たい秋風が吹いている」と書き残し、家族の幸福を祈る句を残して戦死した。俳句だけでは死の前の感情が強く伝わってこないが、手記とともに読むことで、俳句が手記の文章を十七音に凝縮したことが理解できる。

辞世の歌は俳句よりも多く残されているが、短歌の場合は手記を読まなくともそれだけですでにいいたい心が伝わってくる。歌の意味は自明であって解説は不要であろう。

最後に引用した上村の言葉は、俳句ではないが、二十四歳で戦死した学生が自らの人生を総括して「人は生れ、人は苦しみ、人は死ぬ」と短く言わざるを得なかったことが、平和な平成の時代に暮らす読者にも、苦しい期間は異なるけれども伝わってくる。


身はたとえ米鬼と共に沈むとも／笑顔で帰らん母の夢路に　松田光雄

身は消えて姿この世に無けれども／魂残りて撃ちてし止まん　川尻　勉
身はたとひ武蔵の野辺に朽ぬとも留置まし大和魂　吉田松陰

最初の二首は、『昭和戦争文学全集15　死者の声』の中の「回天特別攻撃隊員の遺書」で詠まれた辞世の歌である。特攻隊員の遺書をまとめた本には俳句は見つからなかった。回天は敵の軍艦に体当たりする人間魚雷であった。

松田は「護国の鬼となり、母さんに面会に家に帰ります」といい、川尻の歌は「身は大東亜の防波堤の一個の石として南海に消ゆるとも魂は永久に留りて故郷の山河を、同胞を守らん」と遺書に書き残した後に付けられている。

二人の歌は、吉田松陰が二十九歳で老中襲撃計画の罪で斬首される前の辞世によく似ている。戦時中は松陰の本が多く出版されたというから、二人はともに松陰の歌を知っていたのであろう。辞世の歌は松陰の有名な歌をまね、二人の心は松陰の心に通っていた。

体は死んでも、魂は母のもとに帰るか、永遠に故郷の山河に残ると思わざるをえなかったのである。時代と人生観が違えども五七五の上句では肉体が死ぬことを、七七の下句では魂の永遠を願うことが、辞世の歌に共通している。理性では魂が残るとは信じていなかったであろうが、死を前にしての歌としては、死後に残る魂に最期を託している。

松田は自らの魂が母の夢路の中に帰りたいと詠む。母の夢路とは母の魂の中である。芭蕉の〈旅に病で夢は枯野をかけ廻る〉の句の「夢」の本意が「魂」であったように、辞世の句歌の特徴は「魂」がこの世に残ることであった。客観的真実として死後に魂が残るかどうかは問題ではなく、死を強く意識した人には、はかない夢として、魂がこの世に残ることを詠まざるをえなかった。

我ゆくもまたこの土地にかへり来ん国に酬ゆることの足らねば　　東條英機
身はたとえ朝の露と消ゆるともとはに護らん国の礎　　土肥原賢二
独房は師走の雲の動くのみ　　武藤　章
ただ〃無〃または〃空〃　　板垣征四郎

これらは、東京裁判のA級戦犯で絞首刑の死刑判決を受けた被告たちの遺書をまとめた『世紀の遺書』の中に見る辞世の句歌である。東條と土肥原の歌は、内容において吉田松陰の歌を踏まえている。

戦争を遂行した責任者の辞世も、学徒出陣の戦没者の辞世もともに松陰の歌を本歌とする。体は死んでも魂はこの地に残ることを望んでいた。

A級戦犯であれ特攻隊員であれ、戦争にどのように関わったかは別として、死を前に人の心は同じような思いになり、その辞世の思いはよく似たものになる。人は死に向かった時に魂の存在に出会う。体は死んでしまうけれども魂は残ることを祈願する。魂は目に見える形では残らないけれども目に見えない形で残り、それを伝えたいと思う。辞世の言葉そのものが、残されて読者が知ることのできる魂である。詩歌の言葉が霊となり魂となって、この世に残る。

A級戦犯の被告たちの中にもほとんど俳句は見つからない。武藤の俳句は、独房という言葉がなければ絞首刑になる前の句とはわからないが、独房の窓からただ雲の動くのを見ているだけの句であり、辞世の歌とは詠まれている内容が異なる。戦没学生の俳句と同じように自然を詠んだ内容であるが、無為自然の境地のようだ。

板垣の辞世の言葉は句歌でないが、ただ滅びゆく体の空・無を詠んだ諦めの言葉である。戦没者・戦犯被告でなくとも、平和な時代に生きる人々の今日残す言葉は、今日まで真剣に生きた魂の言葉・命の言葉でありたい。

最期の言葉

＊（　）内の数字は、満年齢の行年。不明な場合は数え年齢。

倭は　国のまほろば　たたなづく　青垣　山隠れる　倭し　美し　倭健命（不祥）

日本の詩歌史上の絶唱の一つ。大和望郷の辞世。死後、白鳥となって天界に飛び去った。四七五四六四四の形式。短歌形式五七五七七以前には四・六の偶数音も多く、日本語が五・七に向いていたというのは誤りである。五・七に統一されたのは陰陽五行説に依拠している。名前の「命」は道教神道の神の名前に多い。白鳥の天界飛翔は神仙界への飛翔であり、鳥は魂を天に運んだ。

万有の真相は唯一言にして悉す、曰く「不可解」　藤村操（16）

十六歳の藤村操は日光華厳滝で投身自殺した。現場の楢の木に刻んだ遺書「巌頭之感」の言葉。本当の理由は失恋という。華厳滝が自殺の名所となった。

デタラメダ！　**岸上大作（21）**

歌人。遺書の最後の言葉。安保闘争の挫折と複数の女性への連続失恋事件のため自殺。

石にでもなっていましょうか　**樋口一葉（24）**

赤貧の中、二十四歳で書いた『たけくらべ』は森鷗外・幸田露伴の絶賛を浴びた。死の二十日前、死期を悟り、無念さを伝えた言葉。

魂はよるべなくふるえている。しかし僕は僕の運命を愛する　**立原道造（24）**

室生犀星に師事した昭和期の抒情詩人。死の四か月前、友人に出した手紙の言葉。

出でて去(い)なば主(ぬし)なき宿となりぬとも軒端の梅よ春を忘るな　**源　実朝（26）**

兄・源頼家の子・公暁に鶴岡八幡宮で暗殺された。藤原定家を師とした歌人であった。

苔の雨かへるでの花いづこゆか　**芝　不器男（26）**

不器男の魂はいずこ。〈あなたなる夜雨の葛のあなたかな〉が高浜虚子の名鑑賞によって有名。

おもしろきこともなき世をおもしろく住みなすものは心なりけり　　高杉晋作（27）

吉田松陰門下生。奇兵隊を組織し幕府軍と戦う。死の直前の歌。下句は野村望東尼が付けた。

私がいない間の映画はみんなコケればいいんだ　　夏目雅子（27）

女優。白血病で入院中、冗談まじりの半分本気の言葉。作家・伊集院静と結婚。

身はたとひ武蔵の野辺に朽(くち)ぬとも留置(とどめおか)まし大和魂(やまとだましひ)　　吉田松陰（29）

討幕思想のため投獄された。安政の大獄で処刑。処刑の前日に書いた遺書『留魂録』の辞世の歌。世田谷区の松陰神社に墓がある。

神様　あなたに会いたくなった　　八木重吉（29）

詩人、肺結核で没する。遺稿の詩の一節。内村鑑三に感化されたクリスチャン。

お前に思いが残って死にきれない　　織田作之助（33）

無頼派の小説家。『夫婦善哉』でデビュー。肺結核で死の直前に妻に言い残した言葉。

風さそふ花よりもなほ我はまた春の名残をいかにとやせん　浅野内匠頭長矩（33）

江戸城松の廊下で吉良上野介義央に切りつけ、即日切腹・お家断絶・領地没収の処分を受けた。切腹の前に詠んだ歌。

見るべき程の事は見つ。いまは自害せん　平 知盛（34）

壇ノ浦の戦いで入水した平家軍の副将。清盛の四男。平家一門の最期を見届けたという言葉。

自然の美しいのは僕の末期の目に映るからである　芥川龍之介（35）

昭和二年、遺書「或旧友へ送る手記」の中の言葉。「何か僕の将来に対する唯ぼんやりした不安である」と自殺の動機を述べる。

ぼくは神の手に〝あるいは悪魔の手に〟打ち倒されました　田中英光（36）

小説家。太宰治の死に衝撃を受け、禅林寺の太宰の墓前で自殺。

散りぬべき時知りてこそ世の中の花も花なれ人も人なれ　細川ガラシャ（37）

明智光秀の三女で細川忠興の正室。キリシタン。石田光成の兵に襲撃された屋敷内で自害。

蟬時雨子は担送車に追ひつけず　石橋秀野（38）

「すでに秀野の魂は肉体より離れて、安見子にやどり」と角川源義は批評した。秀野は山本健吉の前妻。

あなたをきらいになったから、死ぬのでは無いのです。小説を書くのが、いやになったからです　太宰　治（38）

妻への遺書の中の言葉。玉川上水で三十歳の愛人・山崎富栄と入水心中。六月十九日の桜桃忌には三鷹・禅林寺に愛好家が集まる。

あらたのし思ひは晴るる身は捨つる浮世の月にかかる雲なし　大石内蔵助良雄（45）

赤穂藩家老で赤穂四十七士の首領。元禄十五年吉良邸に討ち入り本懐をとげる。切腹を命じられ自刃する前の歌。

愛の前に死がかくまで無力なものだとは、此瞬間まで思わなかった　有島武郎（45）

白樺派の人気作家。「婦人公論」の記者で人妻の波多野秋子と不倫の末、軽井沢の別荘で縊死・心中。遺書の中の言葉。

何もない　二葉亭四迷（45）

近代文学の言文一致体の先駆者。朝日新聞特派員でロシアからの帰途の船で肺結核のため絶命。家族への遺言を聞かれての答え。

散るをいとふ世にも人にもさきがけて散るこそ花と吹く小夜嵐　三島由紀夫（45）

市ヶ谷の自衛隊駐屯地、東部方面総監室のバルコニーで演説の後に割腹自殺。自殺しない人は自殺する人を永遠に理解できないであろう。

山川草木に神が宿るとは、こういうやさしさに満ちているということなのか　中上健次（46）

死の一か月前のインタビューの言葉。健次はアニミストであった。

人間五十年、化天（けてん）のうちをくらぶれば、夢まぼろしの如くなり。一度生を得て、滅せぬ者のあるべきか　**織田信長（47）**

京都本能寺に宿営中、明智光秀の兵に襲撃され、この「敦盛」の一節を吟じながら自刃した。八千年の寿命を持つ化楽天に比べれば夢幻の人生だ。

墓は建てて欲しくない。私の墓は、私のことばであれば充分　**寺山修司（47）**

俳人・歌人・詩人等多くのジャンルで活躍。劇団「天井桟敷」を結成。絶筆「墓地まで何マイル」の一節。

今晩自殺仕（つかまつ）り候　**渡辺崋山（48）**

蘭学者・画家。鎖国政策を批判し蛮社の獄にて連座で蟄居。天保十二年に自刃。遺書の言葉。

四十九年一睡（いっすい）の夢　一期（いちご）の栄華一盃（いっぱい）の酒　**上杉謙信（48）**

越後の戦国武将。関東平定のための出陣一か月前に作った偈が辞世となった。

水をかけてくれ、死ぬと困るから 夏目漱石（49）

臨終直前に看護婦に告げた言葉。午前は連載小説「明暗」を、午後は漢詩・俳句を作っていた。最後の漢詩の一節は「空中に独り唱う白雲の吟」。「白雲」は荘子のいう神仙境。

葬礼の儀式をととのうべからず。野に捨て獣にほどこすべし 一遍（50）

遊行上人一遍は他力念仏を唱え、全国遊行し時宗を開いた。「踊り念仏」と呼ばれた。神戸で病にかかり、弟子・信者に伝えた遺言。坐禅を組んだ姿勢で亡くなったという。仏教と葬式は無関係であった。

玉骨はたとひ南山の苔に埋むとも魂魄は常に北闕（ほっけつ）の天に望まんと思ふ 後醍醐天皇（50）

南山は吉野山。北闕は京都。天は北極星を中心とした宇宙。天皇の本来の意味は、道教の最高の星神・北極星である。王政復古を志し足利尊氏に幽閉されたが、吉野に南朝を開いた。

私が死んだら、鐘を打ち鳴らすな、幟を立てるな。人気ない浜辺の松葉の下に深く私をしずかに埋めよ——かのひとの詩を私が胸にのせて

岡倉天心（50）

死の一年前に書いた遺言状の中の言葉。著書『茶の本』で、茶道は道教と洞察した。

なお三年、わが喪(も)を秘せよ

武田信玄（51）

甲斐の戦国大名・信玄は三河を攻略中、病に倒れ死期を悟り、息子の勝頼に遺言した言葉。

わたしの魂よ、おまえは長い間捕らわれの身だった。今こそ牢獄を出て、この肉体のわずらわしさを脱せねばならない

ルネ・デカルト（53）

死とは魂が体を離れることとか。体から気・魂が去れば死と、荘子はいう。

渾身覓(こんしんもと)むるなし　活(い)きながら黄泉(よみ)に落つ

道元（53）

日本曹洞宗開祖。渾身の力を振り絞って生きてきたが、これ以上何を求めよう。生きながら死の国に旅立つ。禅僧は、道教の死後の世界である黄泉の国を信じていたか。

心形久しく労して、一生ここに窮まれり　最澄（54）

天台宗の開祖。比叡山での大乗戒壇の設立で南都六宗の反対を招き抗争中に没する。

うしみつにわが咳き入りて妻子覚む　日野草城（54）

『日野草城全句集』最後の句。妻子を気づかう、死の四日前の句。

何ごとも夢まぼろしと思ひ知る身にはうれひもよろこびもなし　足利義政（54）

十四歳で征夷大将軍となる。将軍職を実子・義尚に譲り、山荘（銀閣寺）にこもる。

人はみな火の上に生き萱刈れり　小野蕪子（54）

死の年の句。俳句弾圧事件の黒幕と憶測されてきたが、真実は藪の中。

逆順無二の門　大道は心源に徹す　五十五年の夢　覚め来りて一元に帰す　明智光秀（55）

本能寺の変の後、秀吉に敗れ、逃走中に切腹。その時の遺偈。反逆も従順も別でなく、心のままに大道をゆくのみ。夢さめて生死は一つ。

つひに行く道とはかねて聞しかど昨日今日とは思はざりしを　在原業平（55）

六歌仙の一人。天皇の后・高子と恋をする。『伊勢物語』は業平が主人公。

行列の行きつくはては餓鬼地獄　萩原朔太郎（55）

『月に吠える』の詩人。昭和十七年、食糧難の中、肺炎で没する。枕元の手帳にあった辞世の句。行列は死者の列で自分もその列に並んでいる。この世もあの世も、餓鬼地獄であったか。

この旅は／自然へ帰る旅である　高見　順（58）

小説家・詩人。食道癌で四度の手術後に没す。

月の人のひとりとならむ車椅子　角川源義（58）

死の年の句。かぐや姫の魂が月光の中を昇天したように、源義の魂は車椅子に乗り、月光に魅せられて天に昇ったというファンタジーに誘われる。

一流星生きよといのち灯さるる　石田あき子（59）

石田波郷の妻。波郷五十六歳で没した七年後に亡くなった。生きよといった流星は波郷の魂か。

余ハ石見人森林太郎トシテ死セント欲ス　**森　鷗外（60）**

「墓ハ森林太郎墓ノ外一字モホル可ラス」という遺言通りの墓が三鷹・禅林寺にある。

おーいおーい命惜しめといふ山彦　**高柳重信（60）**

多行形式の俳人。死の年、山川蟬夫の名前で出した一行句では、命を惜しんでいた。

露と落ち露と消えにしわが身かな浪速（なには）のことは夢のまた夢　**豊臣秀吉（61）**

大坂城での栄華は夢の中の夢のようにはかない。

死んでゆく地獄の沙汰はともかくもあとの始末が金次第なれ　**歌川広重（61）**

『東海道五十三次』の浮世絵師。冒頭の遺言の後、「我死なば焼くな埋めるな野に捨てて飢えたる犬の腹をこやせよ」と別の遺言も残す。

春を病み松の根つ子も見飽きたり　　西東三鬼（61）

胃癌を宣告され、手術を受けたが翌年没した。この世を見飽きたのであろうか。

吾入滅せんと擬するは、今年三月二十一日寅の刻なり、もろもろの弟子ら悲泣することなかれ　　空海（62）

真言宗開祖。六日前の引用文の予言通り、高野山で入寂した。穀物を断ち、坐禅をして死の準備をしたという。

やがて打手をつかわし、頼朝が首（こうべ）をはねて、わが墓の前にかくべし　　平　清盛（63）

源義朝を滅ぼし政権を掌握。娘は安徳天皇の母。頼朝征伐の前日に発病。遺言を残し悶死。

死が見ゆるとはなにごとぞ花山椒　　斎藤　玄（65）

「俳句は好きだが俳人は嫌い」と俳壇を嫌った俳人。

何処（どこ）やらに鶴の声聞く霞かな　　井上井月（65）

三十六歳頃から死ぬまで、伊那で乞食生活をした。道教では鶴は魂を神仙世界に運ぶ鳥であり、記紀万葉以来、日本の詩歌文学に影響した。

松朽葉かからぬ五百木無かりけり　**原　石鼎（65）**

自邸の庭に松の大樹がそびえ、数々の木々に落ち葉を降らせ葉は朽ちていた。自画像か。

露草や赤のまんまもなつかしき　**泉　鏡花（65）**

『高野聖』『歌行燈』の小説家。死後、枕元の手帳に書かれていた辞世の句。この世の青い露草と赤まんまの花をなつかしんで没した。

ああ、苦しい。春洋を呼んでおくれ　**折口信夫（66）**

国文学者・民俗学者・歌人。『死者の書』の小説家。春洋を養子にしたが戦死した。死の三日前の言葉。春洋の霊を呼ぶ。

秋時雨楽しきときも希にあり　**秋山巳之流（66）**

俳人。稀なる楽しき事は何であったか。

江藤淳は形骸に過ぎず　　　江藤　淳（66）

文芸批評家。妻・慶子の死の翌年、脳梗塞を患い、自殺。

冬麗の微塵となりて去らんとす　　　相馬遷子（67）

俳人。「微塵」は、冬の青空に吸われていく遷子の霊魂だろう。

月見して如来の月光三昧や　　　松瀬青々（67）

「関西の虚子」ともいわれたという。月光が如来そのものという月輪観の句であろう。

内村鑑三、主イエス・キリストにありて眠れり　　　内村鑑三（69）

キリスト教思想家。無教会主義を唱えた。日露戦争開戦時に非戦論を説く。

死ぬること幸ひ銀河流れをり　　　岸田稚魚（70）

死ぬることが幸いと詠む句は稀有であろう。石田波郷を師とする。

いつしかも日がしづみゆきうつせみのわれもおのづからきはまるらしも

斎藤茂吉（70）

『赤光』の歌人。六十八歳で文化勲章受章。歌集『つきかげ』の一首、死の前年の辞世の歌。

すべての生命は元素に復帰し、そして原子は不滅である

賀川豊彦（71）

キリスト教社会運動家。小説『死線を越えて』で知られる。科学的知識を持つ宗教家であった。神が不滅の原子を作ったか。

うらを見せおもてを見せてちるもみち

良寛（72）

十八歳で出家。七十歳の時に三十歳の尼僧・貞心と出会う。表も裏もあるがままに見せてきた無為自然の人生。『荘子』を日頃愛読していた僧。

ぼくの心臓は強いんだそうだ。弱いんだと、三、四分で楽になれるんだがなあ

高村光太郎（73）

『智恵子抄』の詩人。人生最後の未完の詩。彫刻家・画家・書家でもあった。

我この剣をもって、ながく子孫を鎮護すべし　徳川家康（73）

死の前日、床の上で、愛刀の素振りをしての言葉。一周忌後に日光にお堂を建てるようにと遺言を残した。

願はくは花の下にて春死なむそのきさらぎの望月のころ　西行（73）

死の十年前の歌だが、この歌の願い通り二月十六日に没し、人々を驚かせた。

木枯や跡で芽をふけ川柳（かはやなぎ）　柄井川柳（からいせんりゅう）（73）

川柳という文芸形式の名前は江戸時代の点者・柄井川柳にちなむ。死後も命の芽がよみがえれという辞世句が墓に彫られた。二二〇年後の現在の世においてもパロディ川柳は栄えている。

こんど何になってもいいではないか、これは造化におまかせします　湯川秀樹（74）

湯川秀樹は『荘子』を愛読していた。「造化」は荘子の言葉であり、「造化」とは「宇宙」「虚」「無為自然」「道」と説く。物理学に通う思想である。

天井に美しい棟(おうち)の花が咲いている。医者が来るとその花が消えてしまうから呼ばないでくれ

南方熊楠(74)

在野の博物学者・民俗学者。独学で十九か国語の語学力を持つ博覧強記の人。死の前日の言葉。昭和天皇は軍艦「長門」に乗り、無位無冠の熊楠に会いに来た。

ああ、天は何が為に我を生みしか

上田秋成(75)

怪異小説『雨月物語』の戯作者。遊女の子。激しい性格を持ち孤高の生涯をおくる。

ねたきりのわがつかみたし銀河の尾

秋元不死男(75)

「氷海」主宰。死後の魂は銀河の尾につかまって造化に戻ったようだ。

これでおしまい

勝 海舟(75)

慶応四年、四十五歳の時に西郷隆盛と会談し、徳川家存続を条件に江戸城の無血開城に合意した。やるべきことをやり尽くした最期の言葉。

話せばわかる　犬養 毅（76）

昭和七年、五・一五事件で暗殺された首相。青年将校たちは「問答無用」と叫び発砲したという。話してわかれば、テロも戦争も喧嘩も起こらない。妥協のない意見の違いが戦争を起こす。

きょうはいよいよゆくぜ　河竹黙阿弥（76）

幕末から明治初期の歌舞伎脚本作者。晩年は毎年、遺言状を書き改めていたという。念仏を唱えながら没したという。

萩明り師のふところにゐるごとく　大野林火（78）

死の四日前の句。師は臼田亜浪。萩は亜浪の庭から根分けしてきたものという。萩を見れば、先師の魂の中にいるようであった。

ああ、わが神よ！　わが神よ！　マハトマ・ガンジー（78）

断食の祈りの最中に暗殺された。

あまり騒ぐな　お通夜も葬儀もいらない　**大岡昇平（79）**

小説家・大岡昇平は和歌山市の親の墓を無縁仏にしていた。

花おぼろほとけ誘ふ散歩道　**五所平之助（79）**

映画『伊豆の踊子』の監督。死の数日前の句。

余死する時葬式無用なり　**永井荷風（79）**

独り暮らしをしていたが、通いの手伝い婦によって万年床で死んでいる荷風が発見された。五十七歳の時、すでに遺言が書かれていた。

じゃ、おれはもう死んじゃうよ　**幸田露伴（79）**

『五重塔』の小説家。肺炎を引き起こし、死の二日前に娘の文（あや）に告げた言葉。

我慢だ、我慢だ　**小林秀雄（80）**

批評を創造的表現に高め、批評の神様と呼ばれる。膀胱癌の大手術を受け、病床での言葉。批評も無私の我慢だったか。

春寒し赤鉛筆は六角形　星野立子（80）

「玉藻」は初の女性主宰誌。赤鉛筆は選句用の鉛筆。死の二週間前の句。

花も見つほととぎすをも待ち出でつこの世後の世思ふことなき　北村季吟（80）

歌人・古典学者。松尾芭蕉に俳号の桃青を与えた。人生に自信を持っていたことを表す絶句。

八十にもなれば、もういつ死んでもいいのです　古山高麗雄（81）

小説家。こうなりたいものだ。

緑なす松やいのちの惜しからず　志摩芳次郎（81）

「毒舌のシマヨシ」といわれた俳人。

こぶし咲く昨日の今日となりしかな　山本健吉（81）

亡くなる年、夢の中での知人を偲ぶ句会でできたという不思議な句。昨日まで元気だったが今日はあの世、という無常を詠む。

光よもっと、光を　**ゲーテ（82）**

詩人・小説家。物質的光は精神的光に変わる。

山かげの沼に群れをるおたまじやくし春のえにしを忘れざらめや　**前　登志夫（82）**

遺歌集『野生の聲』の最後の歌。「えにしを忘れざらめや」とは、人生において「えにし」を持った人々を忘れないと思っていたようだ。文法的に正しくは「忘れめや」であるべきという意見がある。同じ遺歌集に〈護摩たけるごとくに薪のほむらもて歌詠みをればなべては辞世〉という歌がある。毎日詠む歌のすべてが辞世であった。

病む我に白曼珠沙華たくましく　**沢木欣一（82）**

「風」主宰。死の二か月前の最期の句。花の生命のたくましさが、人の命を鼓舞する。

人間は誰でも一つや二つは絶対に、死ぬまで人に打明けたくない秘密があるものだ

正宗白鳥（83）

死の二年前の言葉。秘密を打ち明けるよりは、むしろ死を選ぶともいい、秘密に口を閉ざしたまま没した。

わが星のいづくにあるや天の川

高野素十（83）

客観写生の俳人が最後に残したのは、主観の極の世界であった。紀元前の道教神道では、死後の魂の行く星が天にあった。

神を拝し愁眉（しゅうび）をひらく花明り

加藤郁乎（83）

愁眉を開き神に抱かれた最期。神に恋をし、神は裏切らないと郁乎はいう。

すべては生きるためだ。自殺するやつだって、あれは自分の生のためなんだ

尾崎一雄（83）

自裁もよりよく生きるためだろうか。

身について近き点滴遠き秋嶺　横山白虹（84）

「自鳴鐘」を創刊、主宰。「叛逆的精神は純情孤高の精神に通ずる」と述べた。

歌一首ひとり創（つく）るを試みつわが歌が明日（あす）のわれをあはれみ　塚本邦雄（84）

戦後の前衛短歌をリードした歌人。「辞世」の前書があり、生前に用意されていた。

辞世とは即（すなはち）迷ひ唯死なん　神沢杜口（かんざわとこう）（86）

江戸時代の俳人。随筆『翁草』の著者。

散る花の宙にしばしの行方かな　山口草堂（86）

主宰誌「南風」に掲載した最後の十句の一句。自らの魂の行方を見たかのようだ。

音なく白く重く冷たく雪降る闇　中村苑子（87）

生前葬をした俳人の自選遺句集『花隠れ』中の句。「雪」はこの世の命、「闇」は黄泉の象徴か。

人魂（ひとだま）で行く気散じや夏の原　**葛飾北斎（88）**

『富嶽三十六景』の浮世絵師。魂となってふわふわ飛べば、夏野原もいい気晴らしだ。

もう何もしないでくれ。俺は駄目だ。死ぬよ　**志賀直哉（88）**

『暗夜行路』の小説家。小説の神様と呼ばれた。水分・栄養の摂取を長時間の点滴に頼っていた頃、死の数日前に息子に告げた言葉。

春暁や今はよはひをいとほしみ　**中村汀女（88）**

文化功労者、日本藝術院賞受賞の俳人。「よはひ」とは人生すべてであろう。

某（それがし）、閉眼せば、賀茂川に入れて魚に与ふべし　**親鸞（89）**

浄土真宗の開祖。死んでも葬式をする必要はなく墓もいらないと述べ、遺体は賀茂川に捨てよと臨終にあたり曽孫の覚如に残した。葬式と墓は釈迦仏教に無関係であった。宗教に関係なく、遺された人々の気持が葬儀を行い、墓を作る。

夫（つま）のなき女いつまで生賜ふ　　原　コウ子（92）

亡き夫・原石鼎を死の直前まで思う。

九十五齢とは後生極楽春の風　　富安風生（93）

遺句集最後の句。俳句は「極楽の文学」と説く虚子の言葉を連想する。

願事（ねぎごと）のあれもこれもと日は永し　　山口青邨（96）

九十六歳の願い事は何であったか。

葬式無用。生者は死者の為に煩わさるべからず　　梅原龍三郎（97）

洋画家。遺書の言葉。「心配ない。心配ない」と医者に言ったという。

犬も猫も雪に沈めりわれらもまた　　金子兜太（98）

没する二、三週間前に詠まれた九句の内の一句。犬も猫も人も、雪の下の黄泉の国に沈むような印象である。拙著『句品の輝き』の兜太論に、「貴著に出会う。嬉しかった」「小生自身眼のさめる感じでした」との感想を兜太氏からいただいたことを思い出す。

百四歳／長い道にも／まだ何か　日野原重明（105）

一〇五歳で没した。死の一年前に出版した句集『10月4日　104歳に　104句』の最後の句。

六十七十は　はなたれこぞう　おとこざかりは　百から百から　平櫛田中（107）

岡倉天心に師事した彫刻家、文化勲章受章者。自筆掛け軸の言葉。

参照文献

『最期の言葉　一〇一人の男たちの辞世』（柘植久慶著／太陽出版）、『辞世の言葉で知る日本史人物事典』（西沢正史編／東京堂出版）、『辞世の一句』（木村虹雨著／角川書店）、『辞世の句と日本人のこころ』（吉田迪雄著／東洋館出版社）、『辞世のことば　生きかたの結晶』（赤瀬川原平監修／講談社）、『日本の生死観大全書』（立松和平・山折哲雄・宮坂宥勝監修／四季社）、『辞世のことば』（中西進著／中央公論社）、『文藝春秋』二〇一六年三月特別号、『臨終の言葉　時代を生きた二五八人最期のメッセージ』（主婦の友社編）、『最期のことば　聖書から死刑囚まで』（ジョナソン・グリーン編／社会思想社）、『朝日新聞』二〇一八四月三日朝刊

生と死についての随想

死とは何かを知る前に、死があることを知る
――カズオ・イシグロ

本書では、日本文学の詩歌俳句の中で、主として辞世の句を紹介してきたが、ここで総論的な死生観に触れておきたい。

草焼いて所詮は死ぬるわが身かな　星野立子
死ぬものは死にゆく躑躅燃えてをり　臼田亜浪
万緑や死は一弾を以て足る　上田五千石
生きて死ぬことの確かさ春の雪　渡辺誠一郎

いつかは死ぬということを徹底的に忘れずに生きることです。　日野原重明

引用句は辞世の句ではないが、死を覚悟した思いを率直に表している。我々は死ぬことを確

実に知っている。

二〇一七年のノーベル文学賞を受賞したカズオ・イシグロは、『動的平衡ダイアローグ 世界観のパラダイムシフト』（福岡伸一）での対談で、「私たちはしばしば、ものごとの意味を理解する前に良からぬ現実を知ります」という。死とは何かの本質を知らなくとも、我々は死が必ずやってくることを知っている。いつか必ず死ぬことは、文学の存在と関係していよう。

男女の精神的な出会いとは無関係に、精子と卵子の偶然の結合によって人間は誕生し、生まれた人の身体の構造は、精子と卵子のＤＮＡの構造に依存する。そして、人は例外なくいつかは必然的に死ぬ。人は生命の始まりも終わりも、自らの意志・意識によって何もすることはできない。死がいつやってくるかは誰にもわからない。病気・天災・人災・事故等、不測の突然の事件によって死がやってくる。

芭蕉が最も尊敬した荘子がいったように、人は四時・造化（自然・宇宙）に随わざるを得ないところが多い。

科学・生物学・医学・宗教・哲学の書物を読んでも、生命の誕生と生と死の本質が何かは明瞭にはわからない。命と生と死は、いまだ、その本質的構造はわかっていない。生命科学の解明が進めば進むほど神秘・謎が深まり、謎が謎を深める。生と死の真理は永遠に謎であるが、いつか必ず死ぬことだけは確実である。

孔子は二五〇〇年前に「未(いま)だ生を知らず、焉(な)んぞ死を知らん」といったが、人の精神はあまり進歩していない。文明・科学の進歩にもかかわらず、人は生命の本質も死の本質も死後についても理解できていることは少ない。人間が人間を作ることができた時に人間は生命を理解したといえるであろうが、そういう時が来るとは今のところは考えられない。

兼好法師が『徒然草』でいったように、死は前からやってくるだけではなく、気が付かないうちに後ろからやってくる。人生はあっという間に過ぎ去り、気がつけば老いて足もとに死がやってくる。しかし、ついに行く道とは知っていても、人は自分だけには、まだ死は来ない、あるいは来てほしくないと思っているのではないか。

人が自らの死を知る瞬間にはすでに死んでしまっている。人は自らの死の瞬間を知ることができない。死ぬまでは、人は生きているのであって、人は生きている限り死を知ることはない。

死とはまず意識がなくなることであり、死の瞬間には意識がなくなっているから、人は自らの死について何もわからない。死の前に痛みを感じていたとしても死の瞬間には痛みを感じる意識はなくなっているから、痛みは生きている間だけ感じるものである。臨死体験というのも本当の死後の体験ではなく、死ぬまでの脳の働きから生じるイメージであり、そのイメージもまた生きている間の記憶に残されたイメージから生じる幻想である。生きている間は死後の世界がわからないように人は作られている。人が知っているのは生きている時だけのことであり、さらには意識がある時だけのことしか知ることができない。意識をなくした後のことはわからず、ましてや死の瞬間を知ることはできない。意識をなくしたあとに他人の医者によって法的に死が宣言される。死の瞬間を知ることができないから、死後のことはもちろん誰も知ることは不可能である。死んだということは生きていないことだから、死んだ人が生き返ることは現実にはありえないことであり、死後に死んだ人からこの世に連絡することはありえない。

今のところ、人の理性・知性が教えるのは、死後に関する一切の文章・情報は生きている人の想像・空想・妄想にすぎないということである。釈迦と孔子は死後のことについては考えてもしかたがないという意味のことを説き、生きている間の生活をどう過ごすかという人間の行動についてだけ説いた。キリスト教、ヒンズー教、道教神道、老荘思想と道教の影響を受けた中国の大乗仏教が死後の世界を想像しているが、その世界はすべて異なり、共通性・普遍性はなく、想像である。

あの世・浄土・天国・地獄といった死後の世界は、今まで行って還ってきた人が歴史上一人もいないから、死後の世界は想像の世界であろう。この世での名誉も財産も、あの世では役に立たないことは確かである。

死後に魂が残るとしても、幽霊のように目に見える形で残るのではなく、人の記憶の中の思い出として残ることができる。人は死について何もわかっていないから、死後についても何もわからない。

詩魂は言葉の霊として作品の中に残る。古人の体は死んでも、『万葉集』の中の歌を通じて、万葉人の精神・詩魂を一三〇〇年後の私たちは感じることができる。俳諧・発句を通じて江戸時代に生きた芭蕉や一茶の心・詩魂を感じることができる。有名・無名に関係なく、今日生きた証としての俳人の魂は句集に残る。詩魂は言葉の霊として詩歌文学に最も濃厚に残りえる。


人の命はなぜ短いのだろうか。さらに、蛍の命や、桜の花の命はなぜ短いのだろうか。

生物の生命の本質として、子孫を残せば死ぬようにＤＮＡが構成されたのではないか。

生物は死ぬから誕生という現象が発生したのであり、死なないのであれば生命の誕生の必要はないであろう。すべての細胞は生まれた時から死ぬ運命に向かって存在している。

人は生きている間に何か意義あるものを求めて生きているにしろ、表層的な結果だけを見れば、生き物は死ぬために生きているといわれても否定はできないが、生きている間は生きる意義を求めて真剣に生きるべく努めている。

蛍は卵を産むとまもなく死ぬ。生まれて死ぬまでは一年の命である。蛍自身は、人間が思っているように、はかない命とは思っていないであろう。いかに上手に光って、光の波長の相性の良い相手を見つけて交尾するかということに最後の生命を懸けている。蛍が一年の命であるのは、親がなくとも子は生きていけるからであろう。

桜もまた虫をいざなうために花を咲かせ、虫の協力によって受粉さえすれば、無駄に咲き続ける必要はなくなり、すぐに散らせる合理的な遺伝子を持っている。桜の花が早く散ることに人は無常を感じるけれども、それは人の感情的で勝手な思いにすぎず、桜の樹木は樹木の生命持続のために、花の使命が終わればすぐに散らせる合理性を持っている。花の命が短いのは合理性だが、樹木自体は一年の命でない分だけ生命構造が複雑である。葉を枯れさせるのも同じ合理性である。紅葉を美しいと思うのは人の感情にすぎず、四季・四気の状態によって樹木は樹木本体の生存のために葉を落とす準備を始める。生物の細胞は四季・四気の状態を感知して次の行動を決定する魂・意識を持っている。俳句に季があるのは、生物のＤＮＡの構造に四季を感知する体内時計のようなものが必然的に存在しているからであろう。

人は必ず死ぬ。死が未来に待っているということが確実だということは、死後の生はない証拠である。死後に魂がこの世に残ることを詠む句ははかない願望であろう。死後のあの世・他界を実在として信じて詠む句はほとんど見ない。遺された人が思う魂とは亡き人の記憶であろう。死後に、この世に残って実在する幽霊はいない。実感を表現した辞世の言葉こそが、この世に残された亡き人の魂である。生物に死があることには必然性がある。生きることは、老いと死に向かうことである。細胞は日々、生死を繰り返す。生命体の細胞の中に、死がすでにプログラム化されている。

人間を含め、生物の生命存在に共通した目的は、生命維持のために生き、遺伝子を継承するために子孫を残すことである。人間はそれ以外の生命存在の目的を持つ場合があるが、例えば俳句創作のように個々人に自由な目的である。子孫を残せる身体的年齢を過ぎれば、死に向かって老化プログラムが開始する。生命の根源としての魂の存在は、理性ではわからない。死後の生命、死後の魂の存在は理性で証明できない。神と魂の存在は理性でわからないため、個々人の想像に依拠している。文学・宗教・哲学では、感性・霊性という主観によって、死後の魂・浄土・天国・地獄・あの世・他界が想像され語られ続けてきた。信仰を持って天国や浄土といった来世に行くと信じることができる人は幸福であろう。世の中から宗教がなくならないのはその存在意義があるからだが、民族によって宗教が異なり、神や魂や死後世界の考えが無数に存在していることは、科学とは異なり絶対的に正しい思想が存在しないことの証である。神や魂の存在は、否定の証明も肯定の証明もできないとカントはいう。

赤堀四郎（文化勲章受章者）は『生命とは』の中で、「生きているということは、物理化学的にみても一歩一歩死に向かって歩みつづけることになる」という。生命の細胞・ＤＮＡのどこかに死に関する情報がプログラムされているという科学者が多い。細胞のどこに、死亡時期がどのようにセットされているのかはわからないが、動物に平均寿命が存在することは、細胞を司る命が、自らの命の限界をプログラム化しているからであろう。

生存している体内の中でも、多くの細胞が死に、多くの細胞が新しく作られるのが人間の生命である。細胞自体が死ぬことが細胞の中に書き込まれている。つまり細胞レベルでの自殺である。自然死といっても人間の体内の細胞が自ら死を決めているという意味では計画された自殺と変わらない。生物のＤＮＡの構造理論を作った神様は不老不死を否定したようだ。生命を作れない限り、生命を理解したとはいえない。ＤＮＡや細胞の存在が理解できても、ＤＮＡや細胞を作ることはできない。

生命全体を把握するには、東洋思想の直観的把握の方がわかりやすい。

生命の根源は、魂・気であり、魂・気が身体から抜けると死に至るという考えが、二千数百年前に老荘思想や道教思想に見られる。日本文学は記紀万葉に始まる。『日本書紀』に「根の国」、『古事記』に「黄泉国」という死後の世界があり、中国思想を毛嫌いした本居宣長も死ねば黄泉の国に行くと説くが、「黄泉」の考えは古代の中国思想である。陰陽五行説で「黄」は中央の「土」と地下世界を表す。ほかに山中他界説・山上他界説・海上他界説があるが、山に霊が集まる考えや海上の「常世」説も道教の考えにあり、日本に固有の思想ではない。死後の霊魂の世界を説く神仙の教えが日本神道や浄土に適用されてきた。記紀万葉以前のあの世の考えは文字として残っていないためまったくわからず、空想の世界である。

生きている間の生命とは何かについて、宗教・哲学はほとんど語らない。釈迦の仏教と孔子の儒教は、どう生きるか実践的な方法について語るだけであり、神や魂や死後の世界の存在については一切語らず、むしろ否定的である。位牌や仏像を拝む日本の大乗仏教は釈迦の純粋仏教とは無関係の新宗教であった。

人間を含め森羅万象には魂があり、造化宇宙・自然を神とする道教神道は、タイラーの『原始生活』によってアニミズムと定義され、中国・朝鮮・日本に共通の祖霊崇拝と神霊信仰はアニミズムと呼ばれる。万物に「道（タオ）」という造化宇宙の生命の根源があるという荘子の考えが、中国の大乗仏教を草木国土悉皆成仏というアニミズム的な思想に変えてしまった。

小島憲之は『萬葉以前』で、「臨終」の詩は、死に臨んでの「辞世の詩」と、刑に臨んでの「臨刑の詩」に大別できるという。中国の政変で、処刑される前に志を詠んだ臨刑詩がルーツだとされている。厳密な意味での辞世の言葉とは、自らの死期をはっきりと知ってこの世に残す言葉である。

文字のない時代には詩歌文学がなかったのだから、日本の文化・文学は、古代中国・古代朝鮮から漢字文字を学び、模倣から始まった。辞世という概念も詩歌の概念を学んだ中にあった。

日本では紀伊国の磐代で十九歳の有間皇子が、謀反謀議の罪で絞首刑にされる前に詠んだ〈磐代の浜松が枝を引き結び真幸くあらばまた還り見む〉が、『万葉集』に見られる最初の辞世である。松の枝と枝を結び無事を祈り、命が無事であればまた帰りに見られるだろうかと叶わない望みを託して詠んでいる。

次には、二十四歳の大津皇子が謀反の罪で処刑される前に詠んだ〈ももづたふ磐余の池に鳴く鴨を今日のみ見てや雲隠りなむ〉が『万葉集』にある。大津皇子が同時に詠んだ「臨終」と題する漢詩が『懐風藻』に見られる。江口孝夫の現代語訳によれば、「太陽は西に傾き／夕べの鐘に短い命が身にしみる／泉途を行くは一人の旅／夕暮れどこに宿ろうとするのか」という意味の詩である。小島憲之は、中国の漢詩を参考にして作ったという。大津皇子は『日本書紀』に、「尤も文筆を愛みたまふ。詩賦の興、大津より始る」と書かれているように、古代中国の文学を学び、日本の和歌や詩に応用して日本の詩歌が始まった。

日本の宗教の基層に、朝鮮を経由した古代中国の三教、道教神道・大乗仏教・儒教があるように、古代中国の詩文を学んで記紀万葉に応用した古代文学があり、辞世の歌も臨終詩・臨刑詩を参考として日本化していった。漢字を学ぶことで日本語ができたように、漢文を学ぶことで日本文学が生じている。古代中国の四方・四季観、陰陽五行説に基づいて五七五七七の五句三十一文字の短歌の定型詩が作られ、五七五の陽と七七の陰が分かれて陰陽の和としての連歌・俳諧が作られていった。歴史が長い短歌の世界では辞世の歌が多く残されてきたが、俳諧・俳句の歴史は短く、死期を知って詠まれた辞世の俳句は少ない。自殺か刑死か戦死か明日の身を知って詠む以外に、辞世の句歌はない。句歌を詠んでいる時には人は生きているのだから、死を前提とした思いが生じることは極めて少ない。

現在、死後の世界は誰もわからず、刑死・自殺前の辞世を除き、死を知っての辞世や死後の世界はほとんど詠まれていない。死の前に死への思いは詠んでも、死そのものと死後について確信をもって詠んだ人はいない。人は死の瞬間まで死を知ることはできない。生きている限り、人は我執・我欲を必然的に持って生きる。生きて欲望・希望・絶望がある限り、人は悟れない。人は、生への思いと死後の想像世界を自由に詠み続けるほかはない。

人の生命には身体の子孫だけでなく、精神の子孫を生む働きがある。文学・芸術・宗教・哲学の精神的な作品である。残された言葉もまた独立した生命である。人が死ぬ前に何か言い残すこともまた精神・魂の働きであろう。

俳人の平均年齢は七十五歳前後であり、日本人の平均寿命が八十三歳前後というから、俳人の平均はあと十年前後で寿命が尽きることになり、新規加入者の急激な増加がないと、結社、各協会、俳句雑誌購読者等の数は十年後には今の半分近くに激減する。人の命は統計学では予測できないが、二十年後には現在の俳句人口の数パーセントになる可能性がある。俳句そのものはなくならず、現代詩のように少数の人たちだけで詠まれ続けられるであろう。

芭蕉が死の前の書簡に残したように、俳人にとって老後の楽しみは俳諧風雅である。人生の残された日は俳句を詠むことに専念するほかはない。

人は、身体の老化とともに、食欲・物欲・性欲・金銭欲は段々と薄らぎ、最後に表現欲だけが残るようだ。メメント・モリという言葉があるが、死を思うことにより、死までの生を言葉に残すことによって有意義に生きることができる。地位も名誉も財産も虚しく、人は何もかも捨てて、平等に死ぬ。

科学以外の世界での名誉や受賞もまた万人によって普遍的に評価されるというわけではなく、特定の選者によって、主観的に選ばれるから絶対的な評価ではない。選者と作者の偶然の組み合わせによって受賞は決まるであろう。選者の主観によって受賞すれば、世の人は客観的に良い作品だと思い込んでしまう。ともあれ生前の受賞経歴は死後の評価には無関係である。作品の本当の評価は受賞したかどうかではない。小説家であれ俳人であれ、生前評価されなくとも死後に高く評価されることは少なくない。

本書では、末期・最期に詠まれた詩歌句の中から辞世に近い死生観を表した作品を紹介した。「今日の発句はあすの辞世」「一句として辞世ならざるはなし」と芭蕉はいった。毎日が辞世の句という真剣な思いがあったからこそ、芭蕉は多くの秀句を残すことができたのであろう。あくまで、辞世の句というのは、その人が死んで、最期に遺した句だと、死んだ後に後世の人が勝手に判断するほかはない。生死に関する句を中心に優れた文学者の人生観・死生観を本書にまとめてみた。

あとがき

本書は、俳句総合誌「俳句四季」に約二年半（二〇一五年四月号〜二〇一七年十二月号）、三十三回連載した「毎日が辞世の句」をまとめたものである。東京四季出版の松尾正光社長（当時）から、辞世の句についての連載依頼のお手紙をいただき書かせていただいた。

文学者にとって、毎日詠む最後の言葉が辞世の句となる。西鶴・芭蕉以来、今日までの優れた俳人の辞世の句を中心に、歌人の上田三四二・河野裕子と詩人の武者小路実篤を加えた。癌で苦しんで六十代で亡くなった三四二・裕子の短歌と、反対に、九十歳で長寿を全うした実篤の詩に関心があった。この世で地獄を見た歌と浄土的な詩の両極である。

また、太平洋戦争以後は、死期を明瞭に知って詠む句はほとんどないため、戦争に赴き亡くなった学生や、戦犯たちが死期を知ったうえで詠んだ歌句に関心を持った。さらに、俳人の辞世の句だけでなく、時代・職業にかかわらず、歴史上の人々のできるだけ多くの辞世の言葉を知りたく、言葉だけを最後にまとめてみた。

本書は、俳人論ではないので、俳人の有名な句を網羅できなかった。あくまで基本的に、辞世・最期の句を中心に、生と死への思いが込められた句を取り上げた。

一般的に、俳人論は若い頃・初期の頃の俳句がよく論じられて、晩年の句はあまり論じられてこなかった。また、新興俳句や前衛的な俳句を詠んだ俳人も、晩年は晩年らしい無為自然の句を詠んだためか、あまり取り上げられてこなかった。初期や若い頃の人為的・技巧的な句よりも、むしろ晩年の無為自然の句に関心を持った。意識的・無意識的にかかわらず、やはり最期の句に、その人の真実の生涯を経験した心の姿が表現されているように思われる。若い人は辞世の言葉には無関心であろうし、若い頃の俳句は言葉の組み合わせ・配合の表面的な新しさや技巧にのみ関心を持つだろう。しかし、五十一歳で没した芭蕉が人生は無常迅速といったように、若い人もあっという間に芭蕉の年齢を越えて月並俳句しか作らなくなってしまう。芭蕉が神様と尊敬した荘子が無為自然の軽みを説いたように、造化・四時随順を通じて、命と死を見つめる必要があるだろう。

表現の姿・形の違いはさまざまであるが、やはり、詩歌文学は、命の表現において共通している。命の最期において、言葉はもっとも命の本質に触れざるをえない。命があっての死であり詩（ポエジー）である。命は詩歌俳句として残る。命・魂と体は別である。脳・体は滅ぶが、生命・魂は言葉として残る。

残った言葉が読者の詩魂に入ったとき、新しい精神的な生命を生む。
死後の魂のゆくえについては誰もわからないが、言葉は詩魂としてこの世に残る。
最期の言葉は、人生最期の絶唱として、「第一芸術」として残った人の心に留まる。
亡き人の一句だけでも読者の心に残れば、亡き人の詩魂は不滅である。

最後に、連載と書籍化の機会を与えていただいた東京四季出版の松尾正光氏と西井洋子氏、連載中と書籍化での校正でお世話になった上野佐緒氏・北野太一氏に深く感謝したい。

平成三十年

坂口昌弘

主要参照文献

秋元不死男　『秋元不死男全句集』角川書店
芥川龍之介　『芥川龍之介全集』岩波書店
飯田蛇笏　『飯田蛇笏集成』角川書店
飯田龍太　『飯田龍太全集』角川学芸出版
石田波郷　『石田波郷全集』富士見書房
石橋秀野　『定本石橋秀野句文集』富士見書房
稲畑汀子　『虚子百句』富士見書房
井原西鶴　『井原西鶴集（日本古典文学全集）』小学館
上田三四二　『上田三四二全歌集』短歌研究社／『この世この生　西行・良寛・明恵・道元』新潮社
大野林火　『大野林火全集』梅里書房
折口信夫　『折口信夫全集』中央公論社
桂　信子　『桂信子全句集』ふらんす堂
加藤郁乎　『日本は俳句の国か』角川書店

加藤楸邨　『加藤楸邨全集』講談社
角川源義　『角川源義全集』角川書店
河野裕子　『蟬声　河野裕子歌集』青磁社
川端茅舎　『川端茅舎句集』角川書店
兼　好　『徒然草』筑摩書房
幸田露伴　『露伴全集』岩波書店
小林一茶　『一茶全集』信濃毎日新聞社
小林秀雄　『小林秀雄全作品』新潮社
佐藤鬼房　『佐藤鬼房全句集』邑書林
篠原鳳作　『篠原鳳作全句文集』沖積舎
芝　不器男　『不器男句文集』『不器男全句集』塩崎月穂
白川　静　『白川静著作集』平凡社
杉田久女　『杉田久女全集』立風書房
宗田安正　『最後の一句　晩年の句より読み解く作家論』本阿弥書店
高浜虚子　『定本高浜虚子全集』毎日新聞社
高屋窓秋　『高屋窓秋俳句集成』沖積舎

高柳重信　『高柳重信全集』立風書房
塚本邦雄　『塚本邦雄全集』ゆまに書房
寺山修司　『寺山修司全詩歌句』思潮社
永田耕衣　『永田耕衣全句集　非佛』冥草舎
中西　進　『中西進著作集』四季社
中村草田男　『中村草田男全集』『俳句と人生　講演集』みすず書房
夏目漱石　『漱石全集』岩波書店
野澤節子　『野澤節子全句集』ふらんす堂
能村登四郎　『能村登四郎読本』富士見書房／『能村登四郎全句集』ふらんす堂
橋本多佳子　『橋本多佳子全集』立風書房
原　石鼎　『石鼎句集』求竜堂／『前田普羅／原石鼎』新学社
日野草城　『日野草城全句集』沖積舎
平畑静塔　『平畑静塔全句集』沖積舎
福永光司　『道教と日本文化』『中国の哲学・宗教・芸術』人文書院／『荘子　古代中国の実存主義』中央公論社
正岡子規　『子規全集』講談社

松尾芭蕉　『校本芭蕉全集』角川書店
水原秋桜子　『水原秋桜子全集』講談社
三橋鷹女　『三橋鷹女全集』立風書房
南方熊楠　『南方熊楠全集』平凡社
武者小路実篤　『武者小路実篤全集』小学館
森　澄雄　『季題別森澄雄全句集』角川学芸出版
山口誓子　『山口誓子全集』明治書院
山本健吉　『山本健吉全集』講談社
与謝蕪村　『蕪村全集』講談社
『きけ　わだつみのこえ　日本戦没学生の手記』岩波書店

著者紹介

坂口昌弘　さかぐち・まさひろ

著　書

『句品の輝き――同時代俳人論』文學の森（平成18年）

『ライバル俳句史――俳句の精神史』文學の森（平成21年）

『平成俳句の好敵手――俳句精神の今』文學の森（平成24年）

『文人たちの俳句』本阿弥書店（平成26年）

『ヴァーサス日本文化精神史――日本文学の背景』文學の森（平成28年）

受賞歴

平成15年　第5回俳句界評論賞（現在の山本健吉評論賞）

平成22年　第12回加藤郁乎賞（受賞作『ライバル俳句史』）

平成30年　第10回文學の森大賞（受賞作『ヴァーサス日本文化精神史』）

選考委員歴

俳句界評論賞（第15回）

山本健吉評論賞（第16回〜第18回）

加藤郁乎記念賞（第1回〜）

日本詩歌句協会大賞評論・随筆の部（第8回〜）

現住所　〒183-0015 東京都府中市清水が丘2-11-20

毎日が辞世の句

2018年6月20日　第1刷発行

著　者
坂口昌弘
発行人
西井洋子
発行所
株式会社東京四季出版
〒189-0013 東京都東村山市栄町2-22-28
電話 042-399-2180／FAX 042-399-2181
shikibook@tokyoshiki.co.jp
http://www.tokyoshiki.co.jp/
装　丁
髙林昭太
印刷・製本
株式会社シナノ

ISBN978-4-8129-0994-2　C0095